박선우 장편소설

FUSION FANTASTIC STORY

기적의 환생

MIRACLE LIFE

기적의 환생 8

박선우 장편소설

초판 1쇄 찍은 날 § 2018년 12월 26일
초판 1쇄 펴낸 날 § 2019년 1월 2일

지은이 § 박선우
펴낸이 § 서경석

총괄팀장 § 최하나
편집책임 § 신보라

펴낸곳 § 도서출판 청어람
등록번호 § 제387-1999-000006호
등록일자 § 1999. 5. 31
어람번호 § 제1-2990호

주소 § 경기도 부천시 부일로 483번길 40 서경B/D 3F (우) 14640
전화 § 032-656-4452 팩스 § 032-656-4453
http://www.chungeoram.com
E-mail § chungeorambook@daum.net

© 박선우, 2018

ISBN 979-11-04-91903-9 04810
ISBN 979-11-04-91763-9 (세트)

박선우 장편소설

FUSION FANTASTIC STORY

기적의 환생

MIRACLE LIFE

8

도서출판 청어람

기적의 환생

MIRACLE LIFE

CONTENTS

제36장
열도 침몰Ⅰ

완성시켜 놓았던 피지컬이 두 달 가까운 조사를 받으면서 평상시처럼 이완되었기에 최강철은 다시 모래주머니를 다리와 팔에 찼다.

처음으로 훈련을 위해 수업을 들어가지 않았고 시험을 포기했다.

그의 등을 두드려 주던 윤문호 교수의 따뜻한 손길과 친구들, 후배들의 걱정하는 눈길을 받으며 정문을 나서는 순간 두 주먹이 불끈 쥐어졌다.

검찰의 조사가 시작되고 그 과정을 지켜보며 도사리고 있는 음모의 냄새를 맡았으나 그것이 도대체 무엇인지 알 수 없었는데 MBC 특집 방송에 나온 여인의 증언을 들은 후에야 상황 파악이 되었다.

혹시 그럴지도 모른다는 생각은 했지만 일본 측에서 이렇게까지 직접적으로 행동하겠냐며 방심했던 것이 치명적인 상처로 다가왔다.

웃음이 나왔다.

여전히 더럽고 여전히 대한민국 곳곳에는 썩은 놈들이 천지에 깔려 있구나.

물론 그 이면에는 일본의 힘이 강력하게 작용했겠지만 같은 나라 동족을 죽이기 위해 나선 놈들의 면면이 최강철을 분노하게 만들었다.

사회 최고 지도층에 있는 자들이 이번 사태를 만들기 위해 움직였다는 건 우리나라 사회가 철저히 썩어 있다는 것을 다시 한번 증명하는 것이었다.

대중들의 생각과 행동은 단순하다.

대중의 사고는 언론에 의해 쉽게 조절되는데 구성원의 교육 상태와 정보 차단의 정도에 따라 그 강도를 훨씬 높일 수 있다.

군사정권은 그러한 특성을 가장 효율적으로 사용했기 때문

에 대한민국은 그들의 손에 의해 수시로 허수아비처럼 놀아났
다.

유력 정치인들을 빨갱이로 몰아세웠고 마음에 들지 않는
자들은 각종 죄를 뒤집어씌워 마녀사냥을 했지만 정보가 차
단된 국민들은 제대로 반항조차 하지 못했다.

하지만 이번 사건을 받아들인 국민들의 반응은 확연하게
달랐다.

정치권에서는 타협을 통해 대충 사건을 마무리했으나 국민
들은 분노를 풀지 않은 채 연일 진상 파악이 필요하다며 시위
를 벌였다.

가장 선두에 선 것은 대학생들이었다.

그들은 계속해서 외쳐왔던 자유와 독재 타도라는 구호 대
신 영웅을 죽이려 했던 친일파의 행동을 규탄하며 연일 시위
를 벌였다.

그동안의 시위와 차이점이 있다면 87년 민주화의 열풍 못
지않게 시민들의 참여가 폭발적으로 이루어졌다는 것이었다.

사람들을 가장 분노하게 만든 것은 다른 사람도 아니고 최
강철이 그 대상이라는 것 때문이었다.

아무런 잘못조차 하지 않은 영웅을 훈련하지 못하도록 교
묘하게 올가미를 걸어 괴롭혔다는 것이 사람들을 거리로 뛰쳐
나오게 만들었다.

시위가 격렬하게 벌어졌으나 정부 여당은 강력하게 대응하며 꿈쩍하지 않았다.

사람들의 주장을 받아들이는 순간 정부 여당은 친일파들이 득세하는 정권으로 전락할 수밖에 없고 그건 정권의 괴멸을 의미하는 것이기 때문이다.

그렇기에 그들은 전 언론을 동원해서 근거 없는 루머였다는 사실을 끊임없이 보도했고 시위자들에게 진상 파악을 약속하며 시간을 끌었다.

*　　　　　*　　　　　*

"개새끼들, 좆 까는 소리를 하고 있어. 뭐, 친일파가 없다고? 그런 새끼들이 깡철이를 저렇게 만들어놔?"

"완투가 딱딱 들어맞잖아. 시합을 앞두고 검찰과 국세청이 동시에 나섰어. 그게 음모가 아니면 뭐겠냐. 일본 의원이라는 그 새끼 정체부터 밝혀야 해. 그 씨발 놈이 언제 들어왔고 어떤 말을 했는지 정확하게 알아야 한다고."

"유기춘하고 전임 검찰총장 그 새끼 이름이 뭐냐? 이놈들을 먼저 조져야 돼. 만난 적이 없다고 자꾸 오리발을 내미니까 전기의자에 앉혀서 실토하게 만들어야 해. 이완용 같은 새끼들. 내가 그 새끼들을 그냥 둘 것 같아? 똥물을 떠다가 그 자식들 집에 뿌려 버릴 테다."

"진상 파악? 웃기고 자빠졌네. 뻔하지. 저러다가 슬금슬금 북한한테 총 한번 쏘게 만들지 않겠어? 그리고 나서 또 빨갱이 타령 하겠지. 우리나라 사람들은 빨갱이 타령이면 껌뻑 죽거든."

"씨발, 빨갱이고 좆이고 이번에는 안 돼. 우리 깡철이가 죽을 뻔했다고. 안 그래요?!"

시위를 마치고 들어온 김영호와 류광일이 맥주를 벌컥벌컥 들이켜며 소리를 지르자 옆에 있던 사람들이 맞장구를 쳤다.

그들은 시위 현장에서 100m 정도 떨어진 슈퍼 파라솔에 앉아 술을 마시고 있었는데 옆쪽에도 3명의 남자가 자리하고 있었다.

척 봐도 안다.

그들 역시 시위 현장에서 이곳으로 왔다는 것을, 옷에 묻어 있는 최루탄 가루가 증명해 주고 있었다.

"그나저나 깡철이 어떡하냐?"

"뭘 어떡해. 씨발, 이 시합 지기만 해봐. 이 개새끼들 다 죽여 버릴 거야."

"신문에 보니까 다시 훈련에 돌입했다고 하던데 워낙 시간이 없잖아. 아우, 세상에 이런 나라가 어디 있냐. 어떻게 국민들이 가장 좋아하는 영웅을 죽이겠다고 덤벼들어. 이게 나라냐!"

"시합 연기도 안 된단다. 위약금이 무려 2,000만 달러래."

"그래도 연기해야지. 이러다 지면 정말 대한민국이 뒤집혀. 그 개새끼들한테 물어내라고 하면 돼. 내일은 그걸 가지고 떠들어야겠다. 아직 가능해. 10일이나 남았으니까 정부 쪽에 위약금 물어내게 만들자고. 어쨌든 검찰 그 새끼들이 훈련 못 하게 만들었잖아. 당연히 그놈들이 물어내야 되는 거 아냐?"

"듣고 보니 맞는 말이다. 그래, 그렇게 하자. 내일 사람들한테 알려서 그렇게 만들어보자. 아저씨들 생각은 어떻습니까?"

류광일이 남아 있는 맥주를 벌컥벌컥 마신 후 옆에 있던 사람들에게 소리를 치자 사내들이 주먹을 불끈 들어 보였다.

"가능한 일입니다. 우리가 전부 떠들면 못 할 게 뭐가 있겠습니까!"

시위가 급격하게 가라앉기 시작한 것은 MBC에서 최강철의 인터뷰가 방송을 통해 전국으로 나간 후부터였다.

인터뷰를 한 최강철의 얼굴은 잔뜩 굳어져 있었지만 그가 한 말은 국민들의 흥분을 가라앉히기에 충분했다.

─사랑하는 국민 여러분. 저로 인해 많은 시간이 헛되이 흐르고 있는 것을 보며 안타까움을 금치 못합니다. 저는 검찰

조사가 끝난 후부터 열심히 훈련을 하고 있습니다. 지금은 거의 체력이 회복된 상태이며 남은 기간 동안 기술적인 부분들을 점검해서 시합에 응할 생각입니다. 비록 시간이 없지만 최선을 다하면 패배하지 않을 것이라 생각합니다. 국민 여러분, 제가 남은 시간 동안 최선을 다해 준비할 수 있도록 도와주십시오. 연일 계속되는 시위를 보면서 제대로 밤잠을 이루지 못할 정도의 괴로움을 느끼고 있습니다. 누군가를 위해 이런 말씀을 드리는 것이 아닙니다. 오직 국민 여러분과 저, 그리고 우리나라의 행복을 위해 드리는 말씀이라는 걸 이해해 주시면 고맙겠습니다. 제가 시합에 제대로 임할 수 있도록 시위를 멈춰주시기를 간절히 부탁드립니다.

방송을 통해 인터뷰가 나간 다음 날.

시위를 주도하고 있던 서울대가 제일 먼저 출정을 멈추었다.

서울대 총학생회장은 정부의 잘못이 없기 때문이 아니라 최강철의 시합이 무사히 승리로 끝나기를 기원하기에 당분간 시위를 중단한다는 성명을 발표했다.

최강철이 소속되어 있는 서울대가 먼저 시위를 중단하자 다른 대학들도 차츰 시위를 멈추었고 그로부터 3일이 지나자 서울 시내 전체가 완벽한 정적 속에 사로잡혔다.

시합을 불과 5일 앞두고 발생한 일이었다.

피지컬을 끌어 올림과 동시에 기술적인 부분들을 점검하며
시간을 보냈다.

다른 시합과 다른 점이 있다면 절대적인 시간 부족으로 인
해 엔도에 대한 전략을 수립하지 못했다는 것과, 제대로 휴식
을 취하지 못한 채 강행군을 했다는 것이다.

시간이 보름만 더 있었으면 좋겠다는 생각이 들었으나 그
건 헛된 바람에 지나지 않았다.

저번 주에 날아온 돈 킹은 하루를 머물면서 최강철을 설득
했다.

"이봐, 허리케인. 위약금 2,000만 달러는 내가 감당하겠네.
그러니 우리 이번 시합을 뒤로 연기하세. 나는 돈보다 자네가
더 중요해. 훌륭한 챔피언이 다른 자들에 의해 벨트를 뺏긴다
는 건 절대 용납할 수 없는 일이야."

그 역시 현재의 상황이 더없이 불리하다는 걸 알고 있기에
내민 제안이었다.

의외였다.

2,000만 달러란 거금을 선뜻 손해 보겠다는 돈 킹의 성의
가 더없이 고마웠다.

그러나 최강철은 그의 제안에 단호하게 고개를 저었다.

"돈 킹 씨, 감사합니다. 그러나 나는 이 시합을 포기할 생각이 없습니다. 나는 챔피언이고 어떤 상황이라도 극복할 수 있는 능력이 있습니다. 나의 투지는 여전히 뜨거우며 내 육체는 적을 맞아들이기에 부족함이 없습니다. 만약 내 상황이 불리함으로 작용한다 해도 저는 싸우는 걸 포기하지 않을 겁니다. 왜냐하면 저는 허리케인이고 두려움을 모르는 사람이니까요."

표정은 담담했으나 그의 입에서 나온 단어 하나하나마다 굳은 결의와 신념이 담겨 있었기에 거액의 손실을 감수하겠다는 결심을 굳히고 날아왔던 돈 킹은 슬그머니 눈을 감았다.

이런 놈이다, 허리케인은.

훈련을 제대로 못 하고 절대적으로 불리한 상황에 몰렸으나 최강철은 단 한순간도 진다는 생각을 가지지 않고 있는 것 같았다.

복싱은 노력한 대로 결과가 나오는 경기다. 물론 수많은 변수가 작용하지만 승패에 가장 커다란 변수로 작용하는 것은 선수가 얼마나 많은 땀을 흘렸냐는 것이다.

그렇기에 이번 경기에서 최강철이 질 가능성은 그 어떤 때보다 농후했다.

그럼에도 돈 킹은 조금의 주저함도 없이 자리에서 일어나 최강철의 손을 잡아주고 비행기를 탔다.

져도 좋다.

이런 놈이라면, 이렇게 불굴의 정신을 가지고 있는 놈이라면 진다 해도 복싱팬들의 뇌리에서 절대 사라지지 않을 것이다.

*   *   *

"가자, 강철아."

"예."

캠프의 분위기는 밝지 않았다.

성호체육관의 관원들이 전부 몰려나와 떠나는 최강철과 스태프들을 배웅했으나 그들은 침울한 분위기를 숨기지 못했다.

운동을 하는 사람들은 본능적으로 알기 때문이다.

제대로 준비조차 하지 못하고 떠나는 챔피언.

이곳에 온 관원들을 현존 최강으로 군림하고 있는 최강철을 존경해서 성호체육관을 선택한 사람들이 대부분이었기에 떠나는 스태프들을 보는 시선에 안타까움이 잔뜩 배어 있었다.

그럼에도 희망의 끈을 놓지 않았다.

그들이 아는 최강철은 그 누구보다 강했고 그 어떤 선수보다 뜨거운 투지를 가진 사람이었으니 시합에서 이길 것이라는 희망을 절대 놓지 않았다.

체육관 정문에 대기하고 있던 차에 올라타자 수많은 기자가 플래시를 터뜨리며 사진을 찍어댔고 동네 사람들까지 몰려나와 골목길을 빠져나가기 어려웠다.

"최강철 선수, 꼭 이겨주세요!"

골목 어귀에 서 있던 여중생의 목소리가 비명처럼 들렸다.

그녀는 최강철에게 주기 위해서 꽃다발을 들고 있었는데 워낙 많은 사람이 몰려 있었기 때문인지 그냥 가슴에 간직하고 있는 중이었다.

차를 세우고 창문을 내려 그녀에게 손을 내밀었다.

그러자 여중생이 미친 듯이 달려와 그에게 꽃을 전해주었다.

"이름이 뭐니?"

"혜연이에요, 혜연이."

"그래, 혜연아. 고맙다. 꼭 이기고 돌아올게."

"그래주세요. 오빠, 꼭 이기셔야 해요."

가슴이 뻐근하게 아파왔지만 최강철은 그녀의 손을 잡아주며 웃었다.

나를 이렇게 응원해 주는 수많은 사람.

그들을 위해서라도 나는 반드시 동경 요요기 경기장을 피로 물들일 것이다.

누구의 피라도 상관없다.

그것이 비록 나의 피라도 괜찮다. 내가 피를 흘린다는 것은 절대 그냥 쓰러지지 않을 거라는 나의 뜨거운 의지이며 승리를 원하는 팬들에 대한 나만의 결의일 것이기 때문이다.

전쟁터를 방불케 하는 공항을 떠나 비행기를 탔다.

서울에서 일본 동경까지의 거리는 불과 2시간.

이제 겨우 2시간 후면 그토록 지독하고 괴로웠던 시간을 만들어준 일본에 도착하게 될 것이다.

분위기가 말할 수 없이 어두운 건 비행기 안에서 그를 대하는 사람들의 표정에서도 알 수 있었다.

스튜어디스는 물론이고 승객들까지 최강철을 향해 밝게 웃지 못했다.

지금 그가 처한 상황을 너무나 잘 알기에 그들은 최강철의 승리를 기원하면서도 사인이나 사진을 같이 찍어달라는 부탁조차 하지 않았다.

창을 통해 보이는 바다와 하늘의 경계가 모호하게 다가왔다.

푸르다.

눈으로 들어오는 모든 것이 온통 푸르름뿐이다.

    *   *   *

"그놈들 들어왔다면서?"

"예, 그렇습니다."

"시합을 코앞에 두고 들어오다니 무슨 배짱인지 모르겠군."

"최대한 몸을 만들기 위해 그런 결정을 한 게 아니겠습니까. 놈에게는 하루가 무척 중요했을 테니까요."

요시다가 웃으며 말을 하자 그의 앞에 앉아 있던 사내가 표정 없는 얼굴로 말을 받았다.

요시다는 한국에서 유기춘과 검찰총장을 만났던 일본의 3선 의원이었고 마주 앉은 사내는 내각정보국의 수장인 히로시였다.

"이제 3일 남았어. 히로시 상이 마무리를 잘해줘야 해."

"이미 준비는 해놨습니다만 그렇게까지 해야 되겠습니까? 놈은 제대로 훈련조차 못하고 넘어왔어요. 그냥 둬도 무너질 텐데요."

"그 자식은 불사조 같은 놈이야. 이왕 시작한 이상 마지막까지 발버둥치지 못하도록 끝장을 내야 돼. 어르신께서는 이 일의 중요성을 무척이나 심각하게 생각하고 계셔."

"음… 하지만 이미 한국 측에서는 우리가 벌여놓은 일로 인해 난리가 나 있어요. 오죽하면 '국화와 칼' 멤버들이 연락까지 끊었겠습니까. 그만큼 심각하다는 뜻이에요."

"그 새끼들은 똥개들이야. 상황이 호전되면 금방 다시 대가리를 들이밀며 사랑해 달라고 꼬리를 흔들 놈들이니까 걱정하지 마."

요시다의 얼굴에서 비웃음이 흘러나왔다.

그가 한국에 있는 '국화와 칼' 멤버들을 어떻게 생각하고 있는지 고스란히 나타나는 말과 비웃음이었다.

하지만 히로시의 표정은 여전히 변함없었다.

정보국의 수장답게 표정 관리가 철저한 사람이었다.

"여기서 더 움직였다가 문제가 생긴다면 한일 관계는 돌이킬 수 없게 될 겁니다. 지금 한국에서는 이번 사태와 관련해서 최근까지 대규모 시위가 일어났어요."

"그러니까 쥐도 새도 모르게 조치해야지. 만약 문제가 생겨도 절대 우리 쪽으로 화살이 돌아오지 못하도록 만드는 게 당신이 해야 할 일이야."

"그건 문제가 없습니다. 우리 요원들은 그쪽 분야에서 최고의 실력을 가진 자들입니다. 문제는 상황이란 것이지요. 복싱 때문에 한일 관계를 경색시킬 필요가 있을까요?"

"복싱이 뭐가 중요하냐는 생각을 가진 사람들도 있겠지만 이 일은 일본의 혼을 되살리는 일이기에 더없이 중요한 일이다. 지금 일본 경제가 휘청이고 있으나 일본의 혼이 다시 살

아니면 금방 회복할 수 있어. 더불어 일본의 자존심이 회복되면 우린 완벽하게 세계의 중심 국가가 될 수 있단 말이야. 그러니 한국의 적대감 따위는 문제가 아니야!"

*   *   *

일본에 도착했을 때 현지의 반응은 상상 이상을 초월하고 있었다.

불과 시합을 3일 앞두었기 때문인지 일본 언론은 온통 엔도의 통합 타이틀 도전 소식을 특종으로 다루고 있었다. 그리고 오늘은 미국의 도박사들이 엔도의 승리를 6 대 4로 점쳤다는 것이 화제가 되었다.

당연한 이야기다.

엔도는 라파엘과의 시합이 끝나고 난 후 곧바로 훈련에 돌입해서 그 어느 때보다 착실하게 시합을 준비했지만 최강철은 검찰 조사를 받느라 거의 훈련을 하지 못했으니 도박사들이 그렇게 판단하는 건 당연한 일이었다.

하지만 일본 국민들은 그 당연한 사실을 알지 못한 채 도박사들의 판단에만 환호를 보냈다.

일행이 일본에 도착했을 때 재일 동포 회장인 서성필이 찾아와 그 이유에 대해 설명해 주었다. 일본 언론에서는 최강철에 대한 기사가 거의 나오지 않았다는 것이었다.

다시 말해서 일본 국민들은 최강철이 제대로 훈련을 받지 못했다는 걸 알지 못한다는 사실이었다.

참으로 지독하다.

대중을 속이기 위해 지랄하는 건 한국이나 일본이나 다를 바가 없다.

시합을 불과 3일 앞두고 일본으로 날아온 건 윤성호와 이성일의 주장 때문이었다.

그들은 이번 일로 봤을 때 일본이 어떤 짓을 벌일지 모른다며 최대한 늦게 가자고 주장했던 것이다.

호텔에 도착한 후 최강철이 방으로 들어가 냉장고에서 물을 꺼내 들자 지체 없이 다가온 이성일이 그의 손에서 물을 낚아챘다.

"왜 그래."

"방에 있는 거 아무것도 건들지 마."

"너, 너무 예민하게 구는 거 아냐?"

"한 번 당해보니까 알겠더라. 이 새끼들은 더한 짓도 할 놈들이야. 기다려, 내가 나가서 물 사올 테니까."

"성일이 말이 맞다. 3일만 버티면 돼. 여기서 더 더러운 일을 당하면 시합조차 하지 못할 수도 있어. 강철아, 오죽하면 우리가 이러겠냐. 그러니까 힘들더라도 조금 참아. 성일아, 뭐

해. 얼른 다녀와!"

"가서 물하고 이것저것 사올 테니 강철이 아무것도 먹이지
마세요."

"알았다."

윤성호의 다짐을 들은 이성일은 호텔을 빠져나와 전철을 타
고 한 정거장을 지난 후에야 내려 거리를 쏘다니며 물과 먹을
거리들을 샀다.

호텔과 가까운 곳에서 사는 것조차 꺼려졌기 때문이다.

당할 만큼 당했다.

이제부터는 너희들이 어떤 짓을 벌여도 똑같이 당하지 않
을 테다.

일본에 와서 이성일의 새로운 면을 보는 것 같았다.

놈은 재일 교포들의 저녁 초대는 물론이고 일본 기자들을
원천 차단 했고, 심지어는 일본 측이 제시한 체육관의 샤워
시설도 이용하지 못하게 만들었다.

자신이 직접 사 온 물만 마시게 했고 아침에 미리 준비한
것으로만 식사를 하게 했는데 멀리까지 가서 사온 것들이었
다.

더군다나 훈련을 끝내고 돌아가면 미리 날아와 있던 돈 킹
에게 부탁해서 호텔까지 매일 바꿔가며 잠을 자게 만들었다.

그뿐만이 아니었다.

이성일은 아예 방을 잡지 않고 최강철의 방으로 들어와 함께 잠을 잤는데 자신의 느낌에 조금이라도 이상이 있으면 잠시도 가만있지 않았다.

"올라와라. 거기서 청승 떨지 말고."

"괜찮아."

바닥에 이불을 깔고 눕는 이성일을 향해 소리를 치자 놈이 기다렸다는 듯 거절을 해왔다.

그랬기에 최강철이 자리에서 일어나 놈의 등짝을 발로 툭툭 찼다.

"거긴 불편해, 인마. 올라와. 오랜만에 같이 끌어안고 자보자."

"미친놈. 난 신경 쓰지 말고 그냥 잠이나 자."

"성일아, 이제 하루밖에 안 남았어. 너 그러다가 신경쇠약에 걸려, 인마. 설마 일본 놈들이 나를 죽이기야 하겠냐?"

"죽이지는 않겠지만 병신은 만들 수 있어. 저번에 한 짓을 보라고. 우리나라에서도 그런 짓을 하는 놈들인데 지들 나라에서는 오죽하겠냐? 씨발, 이럴 줄 알았으면 일본에서 시합하는 게 아닌데 그랬다. 원, 불안해서 견딜 수가 있어야지. 이 자식아, 돈도 많은 놈이 왜 그런 결정을 한 거냐?"

"같은 시합에 500만 달러나 더 준다는데 거절할 이유가 없잖아. 돈이 많아도 공짜 돈은 맛있는 법이거든. 특히 일본 애들 돈은 더욱더 그렇지."

"지랄한다."

"나도 사실 네가 하도 난리를 피우는 바람에 괜히 그랬나 하는 생각이 든다. 너 하는 짓을 보면 걔들이 닌자를 보내서 나를 암살할 것처럼 느껴져."

"닌자… 그렇지, 닌자. 가만 생각해 보니까 내가 두려웠던 게 닌자였던 모양이다."

이성일이 벌떡 일어나며 소리를 질렀다.

놈은 자신이 가지고 있는 불안함의 정체가 진짜 닌자 때문이라는 확신을 가진 것처럼 눈을 동그랗게 뜨면서 박수까지 쳐댔다.

하여간 엉뚱한 건 둘째가라면 서운해할 놈이다.

"야, 내일 아침밥은 어쩔 거냐?"

"새벽에 나가서 토스트 사 올 생각이다. 여기서 두 블록 정도 더 나가면 맛집들이 많아. 계란 듬뿍 담긴 걸로 사올 테니까 걱정하지 마."

"휴우, 너 때문에 이게 뭔 짓인지 모르겠다. 난 된장찌개 먹고 싶어."

"하루만 더 견뎌. 한국 가면 실컷 사줄게."

"성일아, 너도 내가 복싱을 그만둬야 한다고 생각하니?"

"갑자기 무슨 소리야?"

"지영 씨가 복싱 그만두면 안 되냐고 계속 말린다. 너하고 똑같은 이유야. 돈은 있을 만큼 있는데 뭐 하러 계속 복싱을 하냐면서 자꾸 울어. 이번 일을 겪으면서 많이 힘들었던 모양이야."

"네 생각은 어떤데?"

"인마, 내가 먼저 물었잖아!"

"복싱을 하는 건 내가 아니니까 그렇지. 복싱은 네가 하는 거고 나는 네가 어떤 결정을 내려도 그 생각에 동의할 거거든. 어때 상당히 현학적이고 멋진 대답이지?"

*　　　　　*　　　　　*

엔도의 별명은 후지산의 호랑이다.

생긴 것 자체도 호랑이처럼 두 눈이 번쩍거렸고 그의 경기 스타일이 맹렬했기에 일본 팬들이 지어준 별명이었다.

4년 전 혜성처럼 나타나 승승장구를 해오던 그는 11전 만에 당시 동양에서 적수가 없다던 곤죠를 KO로 잡고 동양 타이틀을 따냈다.

그 후로도 그의 승리는 폭풍처럼 이어졌다.

일본 팬들이 그를 본격적으로 떠받치기 시작한 것은 곤죠를 일방적으로 때려잡고 동양 챔피언에 올랐을 때부터였다.

엔도는 일본 팬들의 성원에 보답이라도 하려는 듯 이후 6번의 경기를 KO승으로 마무리 지으며 전승 KO승이라는 기록을 이어나갔다.

어쩌면 그의 인기는 최강철로 인해 파생된 것일 수도 있었다.

동양인 최초로 통합 타이틀을 따낸 최강철이 세계 복싱 팬들에게 영웅으로 불리는 상황을 바라보며, 일본인들은 부러움과 더불어 자신들에게도 그에 못지않은 영웅이 있다는 자부심을 만들어내고 싶어 했다.

엔도는 그런 사실을 본능적으로 알고 있었다.

세계 챔피언이 아니었음에도 일본인들이 자신에게 보여주고 있는 광적인 응원은 최강철이란 한국인으로부터 비롯된 것이란 걸 말이다.

그랬기에 이 경기를 더욱 이기고 싶었다.

비록 그가 현존 최강이라 불릴 만큼 막강한 타격력을 가지고 있다지만 자신 역시 18전을 싸우면서 상대에게 공포감을 심어준 존재로 성장해 왔다.

막상 세계 랭커들과 싸워보자 별게 아니라는 자신감이 생겨났다.

이전에 싸웠던 라파엘은 웰터급에서 강자라고 소문난 선수였으나 그의 공격력을 제대로 받아내지 못한 채 불과 5라운드 만에 등을 돌렸다.

최선을 다해 준비해 왔다.

무려 5개월 동안 최강철 타도를 외치며 지옥 같은 훈련을 견뎌왔기에 시합이 눈앞으로 다가온 지금 자신감이 하늘을 찔렀다.

너는 나에게 쓰러진다.

불법 땅 투기로 인해 거의 훈련을 하지 못했다고 들었으니 그런 상태에서는 절대 나를 이기지 못할 것이다.

팡, 팡, 파앙, 팡, 팡, 팡!

엔도의 주먹이 번개처럼 샌드백을 두드렸다.

빠르다. 그리고 강력하다.

주변에는 수많은 기자가 마지막 훈련을 하고 있는 그의 모습을 찍기 위해 분주히 움직이고 있었으나 엔도의 눈은 오직 샌드백을 바라보고 있었다.

얼굴 전체에서 구슬땀이 쉬지 않고 흘러내렸다.

도저히 마무리 훈련이라고 여겨지지 않을 만큼 혹독한 훈련이었으나 엔도는 전혀 지친 표정을 짓지 않고 마지막 펀치를 샌드백에 꽂으며 서서히 몸을 돌렸다.

"엔도 선수, 정말 믿음직스럽습니다. 이틀 후면 드디어 시합인데요. 마지막으로 한 말씀 해주시겠습니까?"

"시합 당일은 더없이 화창하다는 일기 예보를 봤습니다. 허리케인은 비를 동반해야 위력을 발휘하는데 불행하게도 화창한 날씨가 이어진다니 그가 걱정되는군요. 물론 날씨가 좋지 않았어도 별일 없겠지만 말입니다. 기대해 주십시오. 국민 여러분께서는 이틀 후 시합에서 진정한 일본의 혼을 확인하실 수 있을 겁니다."

*   *   *

내각정보국의 특수요원 쇼타는 최강철이 묵고 있는 호텔을 바라보며 한숨을 길게 내쉬었다.

벌써 이틀째 기회를 노리고 있었지만 놈들에게서는 어떤 빈틈도 보이지 않았다.

이 작전을 위해 동원된 요원 수만 해도 10명이 넘었으나 그동안 했던 공작들 중 어떤 것도 성공하지 못했다.

놈들이 계속해서 호텔을 옮겼고 먹는 것조차 멀리까지 가서 직접 구매했기 때문에 작전은 번번이 실패로 돌아갔다.

차라리 죽이는 게 편하다.

지금까지 작전을 펴면서 이렇게 고리타분하고 지치는 작전은 처음이었다.

죽이라는 명령이 내려왔다면 쉽게 끝을 내고 돌아가 지금

쯤 사랑하는 애인과 함께 침대에서 뒹굴었을 텐데 불행하게
도 위에서 내려온 지시는 그렇게 단순한 것이 아니었다.

쇼타는 손에 쥐어져 있는 신경 둔화제를 바라보며 다시 한
번 한숨을 길게 흘려냈다.

그의 손에 들린 것은 아미노에탈아미드의 성분을 다른 화
합물과 적절하게 조합시켜 만든 신경 둔화제로 그 효과는 3일
동안 지속된다.

눈에 뜨일 만큼 치명적인 것은 아니었으나 복싱 선수가 복
용한다면 경기에 지장이 있을 만큼 반사 신경을 저하시키는
효과가 있었다.

처음에는 이런 사소한 작전에 동원되었다는 게 자존심이
상했으나 시간이 지나도 성공시키지 못하자 점점 초조함이 몰
려들었다.

이제 남은 시간은 단 하루뿐이었다.

윗선에서는 쥐도 새도 모르게 처리하라는 지시를 내렸기
때문에 지금까지 물이나 음식에 투입하는 쪽으로 가닥을 잡
았으나 전부 실패한 이상 다른 방법을 쓰는 수밖에 없었다.

내일이면 공식 계체량 행사와 기자회견이 열린다.

공식 행사인 만큼 수많은 사람이 몰려들 것이니 그때를 이
용해서 자신이 직접 최강철의 몸에 찔러 넣을 생각이었다.

비록 다소 위험하겠지만 그 정도는 일도 아니다.

수없이 많은 작전을 시행하면서 죽을 고비도 수없이 넘겨왔으니 독침 한 방 쏘는 게 무어 그리 대수로운 일이겠는가.

그랬기에 그는 화려하게 빛나는 호텔을 바라보다가 천천히 등을 돌렸다.

내일이면 끝난다. 내일이면.

공식 계체량 행사는 아무 일도 없이 끝났다.

이곳이 일본이라는 사실 때문인지 돈 킹은 최강철의 신변 보호를 위해 이전보다 훨씬 경호를 강화했는데 그가 저울에 올라갈 때까지 빽빽하게 인간 방패를 형성했다.

체중 때문에 고생한 적이 없었고 이번에도 피지컬을 어느 정도 끌어 올렸기 때문에 계체량은 무사히 통과했다.

양측이 펼친 신경전은 없었으나 감시하는 시선은 그 어느 때보다 많았다.

콩나물시루처럼 혼잡했다.

곧이어 공식 기자회견 계획이 잡혀 있음에도 수많은 기자가 계체량을 지켜보며 사진을 찍어댔고, 관계자들이 서로 소리를 질러 대며 움직였기 때문에 계체량이 벌어진 홀은 난장판이나 다름없었다.

기자들에게는 모든 것이 뉴스 거리였으니 이곳은 전쟁터나 다름없다.

이성일은 윤성호가 엔도의 계체량을 지켜보기 위해 자리를 비웠어도 최강철의 곁에서 한시도 떠나지 않았다.

사람들이 이렇게 많은 곳에서는 어떤 일도 벌어질 수 있기에 그는 두 눈을 빛내며 가깝게 다가오는 사람들을 감시하면서 시간을 보냈다.

모든 행사가 끝나자 이성일이 옆에서 지키고 있는 경호원들을 뒤로 배치하며 길을 트도록 지시했다.

누가 보면 경호 책임자로 알 만큼 최강철을 지키려는 이성일의 행동은 도가 지나칠 정도였다.

경호원들의 눈살이 찡그려지는 것만 봐도 알 수 있었다.

그들은 자신들에게 지시를 내리는 이성일을 향해 눈살을 찌푸렸는데 기분 나쁘다는 표정을 숨기지 않았다.

그럼에도 모른 체하며 길을 트고 앞으로 나가는 경호원들의 뒤를 따라 움직였다.

계체량이 벌어졌던 홀은 물론이고 복도까지 사람들로 꽉꽉 들어차 있었기 때문에 경호원들은 힘들게 길을 트며 겨우겨우 움직였다.

이제 복도를 통과해서 코너만 돌면 공식 기자회견이 열리는 동경호텔의 컨벤션 홀로 들어갈 수 있었다.

사람이 불쑥 튀어나온 것은 경호원들이 사람들을 제지하며 기둥을 빠져나갈 때였다.

기자로 보였는데 손에는 카메라를 들었고, 머리에는 빵모자를 깊게 눌러쓴 30대 후반의 사내였다.

그는 뒷사람들로 인해 균형을 잃었는지 꼬꾸라지듯 다가오며 최강철을 안으려는 시늉을 했다.

그때 최강철의 앞쪽에서 눈에 불을 켜며 걷던 이성일이 그의 옆구리를 들이박았다.

사내가 죽는다는 듯이 소리를 지르며 나가떨어졌으나 이성일은 최강철의 앞을 두 팔로 가로막은 채 사람들이 다가오지 못하도록 소리를 질렀다.

"비켜, 아무도 다가오지 마. 다가오면 죽일 거야!"

인상을 무섭게 굳힌 이성일의 모습은 암습을 해온 닌자를 격퇴한 호위 무사와 비슷했다.

그 모습을 기자들이 정신없이 찍었다.

비록 작은 해프닝일지 모르지만 기자들에게는 이것 또한 기사 거리가 될 수 있었다.

쇼타는 이를 악문 채 멀어져 가는 최강철 일행을 노려봤다.

가장 최적의 타이밍에 접근해서 거의 성공했다고 느낀 순간 이상한 놈이 끼어드는 바람에 노렸던 곳을 정확하게 찌르지 못했다.

손에 든 만년필을 확인하자 사용이 되었다는 것을 알리는 붉은색 표시가 떠올라 있었다.

문제는 사용하는 순간 나가떨어졌기 때문에 최강철의 몸에 주사가 되었는지 확신할 수 없었다.

"미키, 요원들 어디 있나?"

"둘은 기자회견장에 들어가 있고 나머지는 복도에서 대기 중입니다."

쇼타가 가래 끓는 목소리로 묻자 좌측에 서 있던 사내가 은밀한 목소리로 대답을 해왔다.

미키는 정보국의 제5팀 부팀장으로서 쇼타를 보좌하기 위해 이곳에 온 인물이었다.

이곳에 배치된 인원은 다섯.

쇼타가 요원들을 집중 배치 한 것은 자신이 실패할 경우를 대비하기 위해서였다.

"칙쇼!"

"실패하셨습니까?"

"놈에게 주사가 되었는지 확신할 수 없다. 만약을 대비해서 스기야라에게 준비하라고 전해."

"팀장님, 이미 한 번 주사가 되었다면 더 이상 하면 안 됩니다. 만약 다시 강행해서 주사를 추가로 놓는다면 최강철은 링에 오르기도 전에 움직이지 못할 겁니다."

"알아, 그런데 불안해. 만약 실패했다면……."

"위에서는 최강철이 링에 반드시 오르기를 바랍니다. 우리로 인해 최강철이 링에 오르지 못한다면 오히려 더 큰 낭패를 볼 수 있습니다."

"그러면 어쩌란 말이냐?"

"철수하시죠. 우리는 할 만큼 했습니다. 최강철이 링에 올라가지 못하는 문제가 발생되면 우리가 전부 책임을 져야 합니다. 주사 한 방은 거의 노출되지 않지만 두 방이면 의사들이 즉각 알아낼 수 있습니다. 그렇게 되면 자칫 커다란 국제 문제로 비화될 수 있단 말입니다."

"으……."

미키의 말을 들은 쇼타의 얼굴이 일그러질 대로 일그러졌다.

지금까지 작전을 펴면서 한 번도 실패한 적이 없었던 그로서는 완벽하게 일이 처리되지 않았다는 판단이 들자 찜찜함을 감추지 못했다.

하지만 그의 명석한 두뇌는 즉각적인 상황 판단을 마친 후 미키를 향해 지시를 내렸다.

맞는 말이다.

성공했는지 실패했는지 알 수 없는 상황에서 추가적으로 작전을 시행했을 경우 미키의 말대로 더 큰 문제를 만들 수 있었다.

그랬기에 그는 지체 없이 등을 돌려 컨벤션 홀을 빠져나가기 시작했다.

"철수한다!"

제37장
열도 침몰II

최강철은 사내가 다가오는 순간 섬뜩함을 느끼며 반사적으로 몸을 움직였다.

워낙 부지불식간에 벌어진 일이었지만 사내의 오른손이 빠져나오는 걸 이상하게 느낄 때 이성일이 황소처럼 달려들어 그를 들이박았다.

사내의 손이 옆구리를 스쳐 지나가는 걸 느끼며 최강철은 쓰러져 비명을 지르는 사내를 향해 인상을 긁었다.

오른쪽 셔츠 한쪽에 전에 보이지 않았던 액체가 묻어 있는 게 보였기 때문에 최강철은 한동안 사내를 바라보다가 뒤늦게 천천히 이성일을 이끌고 걸음을 옮겨 나갔다.

불길한 예감으로 인해 뒤통수가 뜨끈거렸다.

워낙 민감한 상황이었고 이성일이 계속해서 불안감을 조장했기 때문에 든 마음일지도 모르지만 알 수 없는 액체가 자신의 셔츠에 묻은 건 분명 이상한 일이었다.

컨벤션 홀로 들어서자 자신을 반기는 플래시 불빛들이 유성처럼 터졌다.

여유 있게 손은 들어주고 단상을 향해 다가갔다.

이미 엔도 쪽에서는 단상에 놓인 탁자에 앉아 기자회견을 준비하고 있는 중이었다.

정말 대단한 숫자다.

단순히 기자만 300명이 들어찼으니 단일 행사로 이만한 기자들의 숫자를 본다는 건 극히 어려운 일일 것이다.

일본과 한국의 기자들은 물론이고 미국과 유럽, 심지어 남미와 동아시아의 기자들이 전부 몰려들었기 때문에 꼭 인종전시장을 보는 것 같았다.

최강철은 윤성호와 함께 단상으로 올라가 자리에 앉기 전에 엔도를 향해 손을 내밀었다.

성질 같아서는 당장에라도 면상을 갈기고 싶었으나 공식적인 자리였으니 최대한 예의를 지켜줄 필요가 있었다.

엔도는 최강철이 손을 내밀자 자리에서 일어나 정중하게

손을 잡아왔다.

멋들어진 회색 양복.

행커치프까지 꽂아놨기 때문에 놈은 마치 카바레에서 활동하는 제비처럼 보였다.

웃어?

자신이 내민 손을 잡으며 엔도가 웃었다.

사람에게는 감각이 있고 상대의 웃음이 어떤 것인지 금방 때려잡는 눈치가 있다.

최강철의 얼굴이 슬쩍 굳어진 것은 놈의 웃음에서 알 수 없는 미묘한 경멸감을 느꼈기 때문이다.

천천히 자리에 앉자 사회자의 진행에 의해 기자들의 질문이 쏟아지기 시작했다.

외신들의 질문은 최강철이 훈련을 제대로 못 한 것에 집중되었는데 어떻게 알았는지 그들은 한국에서 벌어진 일들에 대해 상세하게 알고 있었다.

"허리케인, 훈련을 보름 정도밖에 하지 못한 것으로 아는데 시합에 지장이 있지 않을까요?"

"사람에게는 사정이라는 게 있고 그 사정이란 건 때와 장소를 불문하고 찾아오기도 합니다. 저는 비록 훈련을 제대로 하지 못했지만 최선을 다해 싸울 거란 약속을 드립니다."

"도전자 엔도 선수는 5개월 동안 피나는 훈련을 한 것으로 알고 있습니다. 너무 불리한 시합이 될 것 같은 우려가 드는 군요. 혹시 시합 연기는 생각해 보지 않았습니까?"

"훈련을 하지 못했다고 해서 시합을 연기하는 건 전사가 할 짓이 아닙니다. 그리고 다시 말씀드리지만 저는 제가 해야 할 훈련에 대해서 최선을 다해 준비했기 때문에 절대 불리한 시합이 되지 않을 거라 자신합니다."

최강철이 강한 톤으로 대답하자 기자들의 질문은 엔도에게로 돌아갔다.

"엔도 선수, 이 시합을 위해 정말 고된 훈련을 했다고 알려져 있습니다. 챔피언인 허리케인이 제대로 시합을 준비하지 못했는데 이에 대해서 어떻게 생각하십니까?"

"선수는 스스로 관리에 만전을 기해야 된다고 생각합니다. 그가 훈련을 못 한 것은 주변 관리를 제대로 못 했기 때문에 벌어진 일일 뿐이니 모든 결과는 스스로가 져야 됩니다. 그리고 저는 그것이 패배에 대한 변명이 될 수 없다고 생각합니다. 왜냐하면 선수는 링에 오르는 순간 모든 변명에서 당당하게 벗어날 수 없기 때문입니다."

"엔도 선수는 이번 경기를 승리할 것이라 자신합니까?"

"저는 일본의 혼 '후지산의 호랑이'입니다. 이번 경기에서 일본인의 투혼이 얼마나 무서운지 전 세계인들 앞에서 확실하게 보여 드리겠습니다. 한국에서 불어온 허리케인은 후지산의 호랑이로 인해 갈가리 찢겨질 테니 두고 보십시오."

*　　　　　*　　　　　*

기자회견을 끝내고 호텔로 돌아온 일행은 이성일이 한 시
간이나 시내로 나가 사온 초밥을 먹었다.

분위기가 무거웠다.

엔도가 기자회견에서 보인 자신감은 도전자로서 언제나 있
었던 것이지만 생각할수록 기분 나빴다.

다른 선수가 떠벌인 것과 근본적으로 다르다.

지금 한국에서는 내일 벌어지는 시합으로 인해 전 국민이
초긴장 상태에 빠져 있었는데 만약 경기에서 진다면 초유의
사태가 벌어질 수도 있었다.

시합을 앞둔 상태에서 아무 잘못도 없는 국민의 영웅을 오
랫동안 조사한 검찰은 물론이고 정권 자체가 흔들릴 가능성
이 농후했다.

그렇기에 더욱 이겨야 한다.

한국은 경제가 본격적으로 궤도에 오르고 있는 상태였는데
자신으로 인해 다시 소요에 휘말리게 된다면 나락으로 떨어
질 수도 있었다.

"그 씨발 놈, 말 더럽게 싸가지 없이 하대. 하여간 일본 놈

들은 성질 안 내면서 어떻게 그리 상대를 열 받게 만들 수 있지?"

"그것도 능력이다. 일본이 경제 대국으로 성장할 수 있었던 건 그 사근거림과 뒤통수치는 기술이 있었기 때문이야. 그 자식들은 지들이 필요하면 간이라도 빼줄 것처럼 굴지만 약자라고 생각하면 가차 없이 칼을 휘두르거든."

"관장님, 그 말씀은 지금 강철이가 약자라는 겁니까?"

"말이 그렇다는 거지. 넌 꼭 내가 뭐라고 그러면 시비를 걸더라."

이성일이 신경질을 부리자 윤성호가 자신의 말을 후회하는 표정으로 꼬리를 말았다.

자신도 모르게 나온 말이다.

워낙 훈련량이 적었고 심적인 타격도 많이 받았기 때문에 불리한 건 사실이었지만 자신이 해야 할 말은 아니었다.

하지만 최강철은 두 사람의 말을 들으며 비실비실 웃었다.

"이 초밥, 맛있네. 초밥은 일본이 원조라드만 제법 맛있는데?"

"넌 그게 목구멍으로 들어가냐. 아까 그 새끼 지랄 떨 때 왜 가만히 있었어. 외신 기자들이 네가 가만있으니까 전부 엔도가 이길 것처럼 질문하잖아!"

"설마 내가 그런 자식한테 지겠냐? 걱정하지 마라. 기자들이 떠드는 건 아직도 허리케인이 어떤 놈인지 몰라서 그래."

"하여간 저놈의 배짱은 어디서 나오는 건지 몰라."

여전히 자신감을 보이는 최강철의 태도에 이성일이 머리를 절레절레 흔들었다.

워낙 험한 꼴을 봤기 때문에 자신감이 떨어질 만도 하련만 최강철은 전혀 그런 기색이 없었다.

그때, 초인종이 길게 울렸다.

이성일이 급히 일어나 문을 열어주자 돈 킹과 톰슨이 다급한 모습으로 다가오는 것이 보였다.

"허리케인, 자네 괜찮은가?"

"왜 그러십니까?"

"이거, 조사해 보니까 신경 둔화제더구만. 어디 보세, 혹시 찔린 건 아니야?"

손에 들고 있는 셔츠를 흔들면서 돈 킹이 최강철에게 다가왔다.

혹시나 몰라서 기자회견이 끝나고 셔츠에 묻은 액체 성분에 대해 조사해 달랬더니 돈 킹은 그사이에 확인해 본 모양이었다.

왜 불길한 예감은 언제나 들어맞는 것일까.

돈 킹이 다가와 몸을 더듬으려 하자 최강철이 슬쩍 물러서며 자신의 오른쪽 옆구리를 들어 올렸다.

거기에는 빨간 선이 짙게 그어져 있었는데 액체가 묻었던 곳이었다.

"이런 개새끼들!"

"강철아, 괜찮냐!"

이성일과 윤성호가 동시에 자리에서 벌떡 일어났다.

그들은 돈 킹이 가져온 셔츠를 뺏어 들며 이를 갈았는데 뒤늦게 상황을 눈치채고 분노를 숨기지 못했다.

"신경 둔화제는 몸속에 들어가야 효력을 발휘해요. 그저 스쳤을 뿐이니 아무런 문제없을 겁니다."

"시합 중단해. 이런 짓을 하는 놈들과 무슨 시합을 해. 안 그렇습니까, 돈 킹!"

"나도 그렇게 생각한다네. 지금이라도 이걸 가지고 제소할 수 있어. 비열한 짓을 하면서까지 타이틀을 따려고 하다니 정말 한심한 놈들이야. 절대 용서할 수 없어!"

윤성호가 떠들자 심각한 표정을 짓고 있던 돈 킹이 동의를 해왔다. 그는 거액을 주고 시합을 연기까지 하려던 사람이었기에 이런 문제가 발생하자 당장에라도 시합을 중단할 기세였다.

하지만 최강철은 두 사람의 행동을 보면서 짙게 쓴웃음을 지었다.

"두 분 다 침착하세요. 그건 증거가 되지 못합니다. 그리고 증거가 될 수 있다 해도 그자들이 인정할 리 없어요. 자칫 우리만 바보가 될 수 있단 말입니다. 훈련을 제대로 못 해서 핑계를 대는 거라 주장하면 논리에서 밀리게 돼요."

"그러면 어쩌자는 거야?"

"싸워야죠. 허리케인답게."

폭풍 전야.

일본도 그랬지만 한국은 그야말로 금방 폭탄이 터질 것 같은 팽팽한 긴장감에 사로잡혀 있었다.

이창래는 특집 방송 건으로 인해 방송사로부터 감봉까지 당하면서 대기 발령을 받았지만 또다시 최강철의 경기를 따내면서 현업에 복귀했다.

세상 인심은 참 무섭다.

불법 투기에 관한 문제가 제기되었을 때는 그토록 죽이지 못해서 안달을 부리던 방송사와 신문들이, 내일 벌어지는 통합 타이틀전에 초미의 관심을 보이며 반드시 이겨달라는 주문을 하고 있으니 말이다.

오늘 이창래는 아직도 대기 발령 중인 김도환을 불러내 함께 술을 마셨다.

김도환은 최강철을 위해 미친놈처럼 뛰어다니며 데스크와 수시로 충돌했는데 결국 보직까지 뺏기고 쫓겨나 아직도 복귀하지 못하고 있는 상태였다.

"마셔라."

"나 때문에 과음하지 마. 내일 강철이 시합 있는데 맨 정신으로 살아 있어야지."

"강철이 시합은 7시부터야. 오늘은 실컷 마시고 죽어도 돼."

이창래가 먼저 자신의 소주잔을 비우며 쓰게 웃었다.

그도 알고, 김도환도 안다.

오늘 있었던 공식 기자회견을 보고 난 그들의 표정은 더없이 어두웠는데 엔도의 자신감이 하늘을 찔렀기 때문이다.

"엔도, 그 새끼 얼굴이 번들거리더만. 얼마나 훈련을 했는지 피부가 마치 구릿빛처럼 보일 정도야. 그거에 비해 강철이는 조금 초췌하게 보이더라."

"얼마나 마음고생이 많았냐. 훈련도 훈련이지만 검찰 그 개새끼들이 가족들까지 괴롭혔기 때문에 강철이는 제대로 잠도 못 잤어."

"휴우……."

김도환의 대답에 이창래가 긴 한숨을 흘려냈다.

정말 생각할수록 답답하고 부끄러운 일이었다.

"네 생각은 어떠냐?"

"뭐가?"

"그 새끼들이 움직인 건 확실해. 과연 그놈들 외에 또 누가 있냐는 거지."

"씨발, 우리나라에 친일파가 한둘이냐. 겉으로는 멀쩡한 놈들도 속을 알 수가 없다고. 일본이 경제 대국으로 성장하면서 그 덕을 본 놈들이 우리나라 사회에는 셀 수도 없을 정도야. 아마 국회와 정부 쪽에서 상당수일 거다."

"민족을 팔아먹는 개새끼들. 차라리 이 기회에 그 새끼들을 솎아냈으면 좋겠다."

"쉽지는 않을 거야. 워낙 철저한 놈들이라 꼬리가 무척 짧아서 찍어내기 힘들어."

"너도 알잖아, 우리나라 국민들 정서. 사실만 확인되면 그 새끼들 죽이는 건 일도 아냐. 문제는 기폭제가 있어야 된다는 건데……."

"이 국장, 너 무슨 이야길 하고 싶은 거냐?"

"강철이 사건으로 인해 국민들이 엄청나게 분노하고 있어. 만약 여기서 강철이가 시합에 진다면 사회가 발칵 뒤집힐 거다. 그렇지 않아?"

"그렇긴 하지. 하지만 이 국장, 넌 이걸 알아야 해. 매국노들 수십 명 죽이는 것보다 더 중요한 게 한 명의 영웅을 지키는 거다. 그래서 이 경기는 강철이가 무조건 이겨야 해. 영웅이 왜 필요한지 알아? 지금 자라나는 아이들과 젊은이들에게 꿈과 희망을 주고 국민들의 자긍심을 높여 무엇이든 할 수 있다는 자신감을 갖게 만들기 때문이야. 지금 우리나라는 개발

도상국에서 벗어나기 위해 몸부림을 치고 있어. 그렇기에 더욱 강철이의 존재가 중요한 거야. 놈은 단순한 복싱 영웅이 아니라 대한민국의 자랑이다. 알겠어?"

"알아, 그래서 일본 놈들도 엔도를 그렇게 만들기 위해 지랄한 거잖아."

한숨을 길게 내리쉰 이창래가 또다시 술을 단숨에 들이켰다.

참 지랄 같은 현실이다.

영웅을 지키는 것이 더없이 중요한 일이란 걸 안다. 하지만 이미 영웅을 제대로 지키지 못했으니 후속 대책을 생각해 놓을 필요성이 있었다.

분명 엄청난 혼란이 올 것이다.

만약 최강철이 시합에서 진다면 그 파급 효과는 독재 정권의 마지막 잔재들까지 송두리째 부숴 버릴 만큼 엄청난 사건을 발생시킬지도 모른다.

*   *   *

사람들이 태극기를 들고 잠실 야구장으로 몰려들기 시작한 것은 점심 무렵부터였다.

서울시는 야구 협회의 양해를 얻어 프로 야구 경기를 취소

했는데 잠실 야구장에 대형 와이드 비전을 설치해서 시민들이 최강철을 응원할 수 있도록 이벤트를 마련했다.

처음에는 이벤트를 준비하면서 난상 토론이 벌어졌다.

서울시 실무자들은 최강철이 졌을 경우 모인 사람들이 폭동을 벌일 수 있다며 우려를 나타냈고, 또 다른 관련자들은 괜히 이벤트를 준비했다가 사람들이 모이지 않을 경우 시의 예산만 낭비한다며 반대했다.

하지만 시장의 적극적인 추진으로 인해 이벤트가 강행되었는데 놀랍게도 시민들은 점심시간이 지나자마자 삼삼오오 손을 잡고 몰려들었다.

시민들의 손에 들려 있는 태극기.

아마도 그들이 태극기를 들고 나온 것은 텔레비전에서 보여준 엔도의 경기 장면이 자극제로 작용했기 때문일 것이다.

일본 관중들은 엔도가 세계적인 강자로 약진했던 라파엘과의 경기에서 일장기를 잔뜩 들고 나왔기 때문에 대한민국 국민 대부분이 그 모습을 봤다.

태극기를 몸에 두른 어른들과 아이들의 얼굴에서 전부 비장감이 흐르고 있었다.

그 어느 때보다 불리한 경기라는 걸 알기에 그들의 얼굴에서는 웃음을 찾아보기 어려웠다.

"과장님, 잠깐 나와보시죠. 이거 생각보다 엄청난데요."

"왜 그래?"

"지금 시민들이 물밀듯 밀려들고 있습니다. 아무래도 스탠드가 부족할 것 같습니다."

"가보세!"

이벤트를 주관한 서울시의 관계자가 급히 보고하자 지원을 위해 나왔던 총무과장이 커피를 마시다 말고 자리에서 벌떡 일어났다.

아직 경기가 시작되려면 5시간이나 남았기 때문에 야구장 관리자와 함께 여유 있게 커피를 마시고 있던 그는 관계자가 사색이 된 상태로 들어와 보고를 하자 뛰는 걸음으로 야구장이 한눈에 보이는 VIP석으로 향했다.

그러고는 입을 떡 벌렸다.

그가 들어올 때는 화면이 잘 보이는 쪽에만 사람들이 몰려 있었지만 지금은 스탠드의 빈자리가 보이지 않을 정도였기 때문이다.

장관이다.

도대체 저 사람들은 어디서 저런 태극기들을 가지고 나왔을까.

각양각색의 태극기가 야구장 전체를 물들이고 있었는데 그 모습을 보자 자신도 모르게 온몸에서 오한이 돋아났다.

방송국의 운영은 광고 수익으로 발생한다.

텔레비전에서 세기적인 빅 매치를 중계할 때 본경기가 벌어지는 시간보다 훨씬 빠르게 방송을 시작하는 건 광고 수익을 극대화하기 위함이었다.

MBC의 특집 권투도 마찬가지였다.

최강철의 경기는 오후 7시에 시작하는 것으로 계획되어 있었으나 그들은 오후 5시부터 방송을 내보냈다.

그동안 최강철과 엔도가 벌여왔던 경기들의 하이라이트가 나갔고 전문가들이 두 선수에 대한 객관적인 전력 비교를 하면서 틈틈이 광고를 때리기 위함이었다.

하지만 오늘은 다른 때와 달랐다.

MBC는 광고를 최소화하면서 잠실 야구장의 모습과 서울 시내의 모습을 취재해 오늘 경기를 대하는 시민들의 반응을 계속 보여주고 있는 중이었다.

윤문호 교수와 아들들은 텔레비전에 모여 앉아 있다가 잠실 야구장을 하얗게 물들인 태극기의 물결이 화면을 통해 나오자 안타까움을 숨기지 않았다.

"아니, 저런 이벤트를 하면 한다고 이야기를 해줘야 될 거 아냐. 도대체 아무도 모르게 이러는 게 어디 있어!"

"당장 서울시청에 전화해야겠다. 와아, 미치겠네. 우리도 저기에 갔어야 해, 응원은 같이해야 재미가 있는데 이런 기회를 놓치다니 아까워죽겠네."

큰아들에 이어 둘째 아들과 막내까지 맞장구를 치자 남자 넷이 옹기종기 모여 있는 곳으로 과일을 깎아 온 문 여사가 불쑥 입을 열었다.

"그게 저거였나. 관리실에서 합동 응원 어쩌구 하면서 참가할 사람들은 잠실 야구장으로 오라고 했었는데……."

"아이고, 엄마!"

"그런 게 있었으면 우리한테 가르쳐 줬어야죠. 엄마, 이건 그냥 복싱이 아니라고요."

"그럼 뭐니?"

"전쟁이야, 전쟁. 일본 놈하고 싸우는 거란 말이에요. 그러니까 죽어라 응원해 줘야 된다고요!"

"너무 나가네 우리 아들. 권투가 다 마찬가지지 뭘 그렇게 흥분을 하고 그래."

"하여간, 엄마하고는 말이 안 통해. 아무리 권투를 안 좋아해도 어쩌면 그럴 수 있어. 제발, 엄마도 최강철 선수 좀 응원해요."

"호호… 과일이나 먹어. 엄마도 오늘은 열심히 응원할 거야. 최강철 선수가 이기면 너희 아빠가 엄마, 옷 사준다고 했거든!"

　　　　*　　　　　*　　　　　*

　초조하게 기다리는 사람들의 시선은 그야말로 답답해서 죽을 지경이었다.

　방송이 시작된 지 한 시간이 훌쩍 지났음에도 MBC 측에서는 아직도 일본 현지를 연결하지 않았기 때문이다.

　그러나 그건 사정이 있었다.

　계약하는 과정에서 중계 시간이 정해져 있었기 때문에 MBC 측은 국민들의 열망을 알면서도 약속된 시간까지 방송을 끌고 나가는 중이었다.

　방송국 전화기는 사람들의 전화로 인해 불똥이 튀고 있었다.

　성미 급한 사람들이 언제부터 중계하냐며 계속해서 전화를 걸어오고 있었는데 전부 목소리가 흥분된 상태로 쌍욕이 난무했다.

　그 모습을 보며 이창래가 담당 피디를 향해 소리를 질렀다.

　"얼마나 남았어?"

　"5분 남았습니다."

　"시간 더럽게 안 가는구만. 이러다 잘못하면 국민들한테 MBC가 공적이 되겠다. 야, 시끄러우니까 전화기 전부 내려놔."

"국장님, 연결 스탠바이 들어갑니다."

담당 피디가 지시를 받은 후 전화기를 전부 내려놓게 만들다가 중계 담당자가 신호를 보내오자 급히 보고를 했다.

이창래의 얼굴이 붉게 상기되었다.

이제 정말 시작이다.

"좋아. 가보자고!"

이창래가 손가락을 모아 스타트 신호를 보내자 화면이 바뀌며 이종엽과 윤근모의 모습이 나타났다.

"전국에 계신 시청자 여러분, 여기는 일본의 동경 요요기 경기장입니다. 오늘 드디어 최강철 선수와 엔도, 엔도 선수와 최강철 선수의 경기가 벌어집니다. 지금 현장은 광적인 일본 관중들로 인해 저희들이 제대로 중계 방송을 하기 어려울 만큼 시끄러운 상탭니다. 요요기 경기장에는 2만 명의 일본 관중으로 인해 인산인해를 이루고 있습니다. 윤 위원님, 일본 관중들이 전부 일장기를 손에 들고 들어왔습니다. 그만큼 엔도 선수의 승리를 간절하게 바라는 것이겠죠?"

"그렇습니다. 지금 일본에서는 엔도 선수의 승리를 확신하는 분위기입니다. 최강철 선수가 제대로 훈련하지 못했다는 게 알려지면서 일본 국민들은 엔도가 타이틀을 획득할 것이라 자신하고 있습니다."

"거기에는 엔도의 공식 기자회견 인터뷰도 한몫을 했습니다. 엔도 선수는 대일본의 투혼을 이번 경기에서 확실하게 보여주겠다며 일본 국민들을 흥분시켰습니다. 일종의 신경전이지만 그로 인해 일본 국민들의 환호를 이끌어냈으니 엔도 선수의 행동은 성공한 것으로 보이네요. 안 그렇습니까?"

"그렇긴 하지만 인터뷰의 내용은 아무것도 아닙니다. 중요한 것은 시합이니까요. 제가 조금 불안한 것은 최강철 선수의 훈련량이 극도로 적다는 것인데 이런 불리함을 최강철 선수가 잘 극복해 주기를 바랄 뿐입니다."

"국민 여러분 보이십니까. 일장기가 나부끼는 가운데 최강철 선수를 응원하기 위해 온 교포들이 태극기를 열렬하게 흔들고 있습니다. 비록 적은 숫자지만 최강철 선수가 이 모습을 꼭 봐주기 바랍니다."

"보세요, 교포들의 응원이 일본 관중들의 함성을 뚫고 들리지 않습니까. 우리 교포들은 일본에서 살지만 최강철 선수가 이겨주기를 간절히 바라고 있습니다. 아마 최강철 선수도 저분들의 응원 소리를 들을 겁니다."

아직 시간이 남아 있기 때문에 캐스터와 해설자는 현장 분위기를 전하며 시간을 보냈다.

그 모습을 보며 이창래가 숨을 길게 내리쉬었다.

미친 광경이다.

한국도 미쳤고, 일본도 미쳤다.

캐스터가 재일 교포들을 말했지만 화면을 통해 보인 요요
기 경기장의 모습은 일본 관중들이 들고 있는 일장기만 보일
정도로 압도적이었다.

전율에 젖어 있는 일본 관중들의 함성이 끊임없이 이어지
고 있었다.

그때 화면에서 뒤늦게 나타난 인물을 클로즈업하는 것이
보였다.

"억!"

이창래의 입에서 자신도 모르게 비명 소리가 흘러나왔다.

바로 일본 총리가 관중들에게 손을 흔들며 입장하고 있었
기 때문이다.

"저런 미친 새끼들이……."

＊　　　　＊　　　　＊

최강철은 2시간 전에 요요기 경기장으로 들어와 라커룸에
자리를 잡았다.

일이 계속해서 벌어진 것을 막지 못했기 때문에 돈 킹은 경
호원들을 전부 해고시켜 버리겠다며 불같이 화를 냈다.

그랬기에 오늘 최강철에 대한 경호는 대통령에 못지않았다.

돈 킹은 최강철의 경호 인력을 2배로 늘려 그야말로 철통처

럼 에워싼 채 경기장에 들어왔다.

경기장에 도착한 후 일본 관중들이 들고 있는 일장기의 물결을 봤다.

차를 타고 들어올 때 경기장 밖에는 엄청난 인파가 일장기를 손에 들고 몰려 있었는데 요요기 경기장 안은 그야말로 일장기의 물결로 가득 차 있었다.

그 모습을 본 이성일의 표현이 압권이다.

"저런 쪼다 같은 새끼들, 뭐 하러 휴지 조각을 들고 돌아댕겨. 미친놈들 아냐?"

알면서도 그러는 거다.

워낙 압도적인 모습이었기에 최강철이 들으라고 한 말이었다.

그러나 최강철은 물론이고 윤성호까지 그의 말에 대꾸를 해주지 않았다.

어차피 이곳은 일본이었으니 그들이 광적인 응원을 보내는 것은 당연한 일이었다.

최강철은 일본 관중들이 흔드는 일장기의 물결을 보면서 말없이 웃기만 했다.

두렵지 않았다.

너희들이 어떻게 나오든 나는 오늘 너희들이 나와 우리 민족에게 했던 짓에 대한 응징을 반드시 할 것이다.

요요기 경기장을 피로 물들여서 말이다.

일본이란 나라에 대한 적대감은 어쩌면 선조들로부터 물려받은 것인지도 모른다.

불행했던 우리 선조들은 열강의 힘을 얻은 일본으로부터 철저하게 망가지고 부서져 인간 이하의 모멸을 받으며 겨우 살아남았다.

근대에 들어와 대한민국에게 가장 큰 불행을 준 나라가 바로 일본이었다.

임진왜란, 정유재란, 그리고 일본의 강합에 의해 겨우 연명했던 36년의 슬픈 세월들.

이 모든 것이 일본을 미워하고 다시는, 이제 다시는 결코 지지 않겠다는 결의를 갖게 된 대한민국 국민들의 복수심에서 비롯된 것이었다.

일본은 오랜 세월 자신들의 행동에 대해 진정 어린 사과를 한 적이 단 한 번도 없다.

극우자들은 역사의 정당성을 거론하며 일본의 행동에 대해 당연한 것이란 논리를 펼쳐왔다.

역사적으로 강대국이 약소국을 병합해 왔는데 최근에 벌어진 침략에 대해 사과를 요구하는 대한민국 정부에게 왜 중국에게는 그런 요구를 하지 않느냐며 논리의 부당함을 주장했다.

한반도를 침략한 것은 중국이 숫자 면에서 일본과 비교할 수 없을 정도로 많았다는 것이 그런 주장의 배경이었다.

언뜻 듣기에는 맞는 말 같지만 그건 한마디로 개소리에 불과하다.

잘못한 놈들은 사과를 하면 그만일 뿐 다른 핑계를 대는 건 치사한 변명에 불과하기 때문이다.

중국?

마찬가지다.

일본이 말한 것처럼 중국 역시 한민족에게는 둘도 없는 개새끼들이다.

할 수만 있으면, 힘을 길러 할 수만 있다면 반드시… 복수해야 되는 족속들임에는 틀림없다.

최강철은 가볍게 움직이며 천천히 몸을 풀었다.

윤성호와 이성일이 긴장된 눈으로 지켜봤고 이번 주관 방송사인 NHK와 미국의 NBC 카메라가 그 모습을 정신없이 담았다.

어느 정도 움직이자 서서히 몸이 달궈졌다.

수많은 언론과 사람들이 그의 훈련 부족을 걱정하며 컨디션을 물어왔으나 한 번도 자신의 상태에 대해 정확하게 말해주지 않았다.

흐으……

내가 훈련을 제대로 하지 못했기에 절대적으로 불리할 것이라는 너희들의 판단이 얼마나 잘못된 것인지 오늘 보여준다.

불과 17일간의 훈련이었지만 사건이 벌어지기 전 한 달 동안 어느 정도 몸을 만들어놨었기 때문에 피지컬은 충분히 올라온 상태였다.

피지컬을 만들면서 자신의 주 무기들을 점검했다.

벌써 7년 동안 자신을 무적으로 구가하게 만든 그의 무기들은 훈련을 하지 않았다고 해서 사라지는 게 아니었다.

문제는 엔도가 어떤 전략을 가지고 나올지 정확하게 예측할 수 없다는 것이었다.

하지만 그것 역시 놈의 행동을 관찰하면 충분히 파악할 수 있다.

자신은 벌써 22전을 치르며 수많은 강자와 대결해 온 경험이 있었으니 상황에 맞게 전략을 수정해 나갈 생각이었다.

"출전, 10분 전입니다."

WBC에서 나온 경기 진행 요원이 시간을 알려주자 최강철의 라커룸이 순식간에 정적 속으로 빠져들었다.

걱정스러운 눈으로 마지막 점검하는 모습을 지켜보던 돈 킹과 톰슨이 먼저 룸을 빠져나갔고 경호원들과 카메라맨들까지 복도로 나갔기 때문에 라커룸에는 최강철 일행과 감독관,

그리고 진행 요원만 남았다.

"강철아, 긴장하지 않았지?"

"내가 언제 긴장하는 거 봤습니까. 나는 이 순간이 너무나 즐거울 뿐입니다."

"그래, 언제나 그렇지만 난 네 심장이 강철로 만들어졌다고 생각한다. 이렇게 배짱 좋은 너하고 같은 팀인 게 정말 다행일 정도야."

"시합 끝내고 조금 쉬다가 미국에 가요. 이번에는 형수님하고 같이 식사하죠. 내가 멋진 해변에서 밥 살게요."

"휴우, 일단 이겨놓고 생각해 보자."

윤성호가 한숨을 몰아쉬면서 입을 닫자 옆에 서 있던 이성일이 나섰다.

그는 최강철의 밴딩을 마지막으로 점검하고 있었는데 윤성호의 말이 끝나자 지체 없이 입을 열었다.

"다시 말하지만 엔도 놈은 레프트 바디와 라이트 훅을 연사시키는 특성이 있어. 그리고 접근전에서 능하기 때문에 쇼트 펀치도 상당히 날카롭다. 놈은 네가 훈련량이 적다는 것을 아니까 체력전을 걸어올 거야. 놈이 뭘 노릴지 알겠어?"

"알아, 근접해서 복부 공격을 계속해 오겠지."

"그걸 막아내는 게 최우선 과제야. 그런데 강철아, 나 정말 궁금해서 그러는데 마지막이니까 솔직하게 대답해 줘라. 너 정말 체력 괜찮겠어?"

"괜찮다고 몇 번이나 말해. 다른 때와 크게 차이 나지 않을 거니까 걱정 마."

"그럼 말이야……."

*　　　*　　　*

오픈게임이 모두 끝나고 최강철의 경기가 다가오자 이종엽과 윤근모의 얼굴이 허옇게 질리기 시작했다.

사람은 긴장이 과하면 얼굴색이 변하는데 그걸 보고 질린다는 표현을 한다.

"윤 위원님, 이러다가 중계 못 할 거 같아요. 자꾸 침이 말라서 벌써부터 목이 아프네요. 위원님은 괜찮으세요?"

"나도 비슷해. 정말 긴장했나 봐. 내가 수많은 경기를 중계했지만 이렇게 긴장하기는 처음이야. 듀란하고 할 때도 이렇게는 긴장하지 않았어."

"저도 그렇습니다. 일본 관중들과 우리나라 국민들 반응을 보니까 이 경기가 얼마나 중요한지 새삼 느껴지네요. 어쨌든 무조건 이겨야 할 텐데 걱정입니다."

"믿어야지. 최강철이 언제 우릴 실망시킨 적 있었나."

"이번에는 상황이 다르니까 그렇죠."

"그래도 믿고 싶어. 우리가 그렇게 만들어놓고 이겨주기를 바라는 게 부끄럽지만 그래도 어떡해. 허리케인은 영웅이잖아. 영웅은 원래 수많은 시련을 이겨내는 법이니까 이번에도 최강철은 잘 극복해 줄 거야."

"위원님, 이제 시작입니다. 엔도가 출전하는 모양이네요."

광고가 나가는 동안 두 사람이 이야기 하는 걸 들으며 심각한 표정을 짓고 있던 PD가 갑자기 미친놈처럼 팔로 원을 돌려댔다.

광고가 끝났으니 진행해 달라는 표시였다.

마침 화면에서는 일본 관중들처럼 일장기로 도배를 한 엔도와 10여 명의 스태프들이 당당한 걸음으로 링을 향해 걸어 나오는 중이었다.

"지금 막 엔도가 출전하고 있습니다. 일본의 투혼을 보여주겠다는 장담을 했던 것처럼 엔도 선수는 일장기를 온몸에 두른 채 걸어 나오고 있습니다. 상당히 매서운 눈초리를 지닌 엔도. 엔도의 표정은 비장함 그 자체로 보입니다. 그는 오늘까지 계속 최강철 선수를 KO시키겠다는 공언을 하면서 자신감을 보여왔습니다. 윤 위원님 엔도 선수는 전승 KO승을 기록하고 있죠?"

"그렇습니다. 18전 18KO승입니다. 하지만 최근 몇 경기 빼고는 동양권 선수들과 시합을 한 것이기 때문에 최강철 선수가 보유한 전적과 단순 비교하기에는 차이가 있습니다. 아시겠지만 최강철 선수는 미국에서 활동했기 때문에 수많은 강자와 시합을 하지 않았습니까. 최강철 선수가 쓰러뜨린 선수들은 세계 최강 수준에 있는 강자들이 대부분이었습니다. 최근 벌어진 듀란전은 물론이고 마크 브릴랜드, 프레디 아두 등 이름만 들어도 고개를 끄덕거릴 정도의 강자들이었습니다. 그런 강자들과 싸우면서 최강철 선수는 22전승 KO승을 기록하고 있습니다. 전적 면에서 본다면 엔도 선수는 최강철 선수의 상대가 되지 않습니다."

"그렇습니다. 당연한 말씀입니다. 아악… 말씀드리는 순간, 최강철 선수가 출전하고 있습니다. 최강철 선수 측도 태극기를 들고 있습니다. 언제부턴가 최강철 선수는 태극기를 머리에 두르고 나오는데 오늘도 역시 그런 모습으로 출전하고 있습니다."

"아… 언제 봐도 단출한 등장입니다. 최강철 선수의 스태프는 단 두 명뿐이죠. 엔도 선수의 등장에 비해 초라하게 보일 정도네요."

윤근모가 최강철의 등장을 보면서 이야기를 하자 이종엽이 왜 그런 이야기를 지금 하냐는 눈치를 보내며 말을 돌렸다.

지금은 그 어떤 불리함도 말하면 안 되는 순간이었다.

"그래도 괜찮습니다. 최강철 선수는 언제나 이런 등장을 했

지만 수많은 강자를 꺾으며 폭풍처럼 진격해 왔습니다. 오늘
도 최강철 선수. 엔도를 꺾고 대한민국의 자존심을 세워줄 것
을 간절히 기원합니다."

                    *   *   *

　김영호와 류광일은 소주를 다섯 병이나 준비했고 오징어도
세 마리나 구워서 잠실 야구장으로 들어왔다.
　지루한 시간이 지나고 현지 연결이 되는 순간부터 그들은
소주병을 깠는데 긴장감을 참지 못하고 연신 소주잔을 비워
나갔다.
　이윽고 화면을 통해 열광적인 일본 관중들의 모습이 보이
자 그들의 입에서 거품이 흐르기 시작했다.
　"쪽발이 새끼들, 많이들 쳐왔네."
　"우우… 강철이가 기죽으면 안 되는데… 우리가 이렇게 응
원하고 있는 모습을 강철이도 봤으면 좋겠다."
　김영호가 잠실 야구장을 가득 채운 사람들을 보면서 안타
까움을 숨기지 못했다.
　엔도에게만 응원하는 놈들이 있는 게 아니다.
　우리도, 여기에 수많은 국민이 너를 응원하고 있다는 걸 알
았으면 좋겠다.

사람들의 목소리가 커지기 시작한 것은 일본 관중들과 요요기 경기장 밖에서 일장기를 흔들고 있는 일본인들을 확인한 후부터였다.

감정이 격해지고 있었다.

잠실 야구장에 모인 사람들은 일장기를 본 순간부터 분노를 감추지 못하고 있었는데 과거의 역사적 악감정은 둘째 치고 최강철이 훈련하지 못하도록 지랄한 놈들에 대한 분노가 아직 사그라지지 않았기 때문이다.

그런 시간이 흐른 후 기어코 엔도가 입장하는 모습이 나오자 사람들의 입에서 연신 욕설이 터지기 시작했다.

"야, 이 고양이 새끼야. 너 오늘 죽어봐라."

"일본의 투혼? 지랄하고 있네. 최강철이 정상이었으면 넌 한주먹 거리도 안 돼, 이 새끼야!"

"그러다 눈깔 뒤집히겠다. 얻다 대고 눈을 부라려. 뒈지려고!"

가만히 듣고만 있어도 즐겁다.

전부 한편이기에 느낄 수 있는 즐거움이다.

엔도를 향해 터뜨리는 사람들의 고함 소리를 들으며 김영호와 류광일도 가만히 있지 않았다.

"저 새끼들은 떼로 몰려다니는구만. 저게 다 스태프들인 모양이네. 뭐가 저리 많아?"

"엔도가 속해 있는 프로모션이 일본 최고란다. 거기에서 능력이 뛰어난 놈들은 전부 이번 경기를 위해 참여했대."

"아주 작정을 했구만, 개새끼들."

"야, 강철이 나온다!"

사람들의 환호성이 귀가 먹먹해질 정도로 터졌다.

화면을 통해 최강철이 당당한 걸음으로 링을 향해 다가서는 모습이 잡혔기 때문이다.

언제나처럼 무표정인 표정.

최강철은 일본 관중들의 야유를 받으며 입장하고 있었는데 표정이 전혀 변하지 않은 채 오직 링을 향해서만 걸어 나갔다.

심지어 손조차 들지 않았다.

미국에서 경기할 때는 자신을 향해 환호하는 관중들과 심지어 야유하는 사람들에게까지 손을 들어 보였는데 오늘의 최강철은 전혀 다른 모습이었다.

"강철이, 이번에도 태극기 둘렀다."

"당연하지, 한일전인데. 이번에는 반드시 이기고 태극기를 링 중앙에 꽂아놔야 해. 우리 스태프들이 드릴을 가지고 갔는지 모르겠네. 링 바닥에다 구멍을 뚫고 절대 못 뽑도록 만들어놨으면 좋겠는데."

류광일이 떠들자 김영호의 얼굴에서 피식거리며 웃음이 떠올랐다.

이놈은 참 머리도 좋다.

어떻게 그런 절묘한 생각을 했는지 기특하다는 생각을 하면서 들어오는 최강철 일행을 보다가 그의 얼굴이 일그러졌다.

비교가 되었기 때문이다.

십여 명의 인파에 둘러싸여 당당하게 들어온 엔도와는 다르게 최강철의 일행은 단출해도 너무 단출했다.

"아, 씨발. 저거 좀 어떻게 안 되나. 쪽수에서 밀리니까 괜히 뭔가 잘못될 것 같다는 불길한 생각이 들잖아."

"캐스터가 말을 잘하는구만, 뭘 그래. 스태프들 쪽수 많다고 복싱 경기에서 이기면 강철이한테 사단 병력 붙여주겠다. 상관없어. 강철이는 쟤들만 가지고도 이겨왔잖아. 더럽게 많이 나왔다가 지면 저 새끼는 쪽팔려서 얼굴도 들지 못할 거다."

"아이고, 강철아!"

류광일의 말이 끝나는 순간 김영호가 소리를 버럭 질렀다.

아무런 행동 없이 묵묵히 링으로 들어온 최강철이 일본 관중들을 향해 손을 번쩍 치켜들며 보란 듯이 사자후를 질렀기 때문이다.

자신을 향해 야유를 터뜨리는 일본 관중들을 향해 손을

번쩍 들며 고함을 질렀다.

나를 함부로 대하지 마라.

나는 너희들에게 야유를 당할 존재가 아니다.

마치 뜨겁게 타오르는 한 줄기 뇌전처럼 뇌리를 관통해 온 분노로 인해 최강철은 자신도 모르게 함성을 내질렀다.

일본 관중들의 야유가 더욱 커졌으나 그렇게 소리를 지르자 속이 시원해졌다.

옆구리를 붉게 만든 상처가 찜찜한 마음이 들게 만들었지만 시간이 지났음에도 자신의 몸에는 어떤 이상도 없었다.

엔도의 놀란 눈이 들어왔다.

놈은 자신이 링에 올라 사자후를 터뜨리자 마치 미친놈을 보는 것처럼 자신을 향해 시선을 던지고 있었다.

이상했을 것이다.

자신은 공식 기자회견 때 놈이 한껏 자신감을 내뿜었을 때도 그저 조용히 앉아 있기만 했었으니 이런 모습은 처음 봤을 거다.

행사가 끝나고 경기 시작 전 국가 연주가 시작되었을 때 요요기 경기장이 일본 관중들의 합창으로 인해 비장함으로 가득 찼다.

일본의 국가는 전 세계 국가 중에서 가장 비장하기로 유명한 곡조를 가지고 있었기에 2만 명의 관중들이 동시에 따라 부르자 전쟁터에 나가기 위한 병사들의 출정가처럼 들렸다.

그에 반해 애국가가 연주되었을 때는 교포들이 목이 터질 만큼 따라 불렀으나 들리지도 않았다.

최강철은 굳은 표정으로 애국가를 따라 불렀다.

옆에서 윤성호와 이성일이 목이 쉬도록 크게 불렀으나 그는 입만 달싹거렸다.

모든 행사가 끝나고 장내 아나운서의 선수 소개가 이어졌다.

쉽게 볼 수 없는 전적들이다.

전승 KO승을 기록하고 있는 강펀치의 소유자들이었고 단한 번의 패배도 없었으며 심지어 다운조차 당한 적이 없었으니 장내 아나운서조차 소개를 하면서 흥분을 감추지 못했다.

최강철은 다시 링의 중앙으로 나가 손을 슬쩍 들어준 후 자신의 코너로 돌아왔다.

그러자 윤성호가 다급하게 말을 붙여왔다.

이제 더 이상 시간이 없었기에 그의 말은 무척이나 빨랐다.

"강철아, 성일이가 만들어놓은 작전대로 하다가 조금이라도 틀어지면 아웃복싱으로 전환해야 한다."

"관장님, 오늘 만큼은 아웃복싱 안 한다고 했잖습니까. 그리고 입술에 침 좀 바르세요. 얼마나 긴장했는지 입술이 다 텄잖아요."

"이 자식아, 일단 이겨야 할 것 아냐!"

"이깁니다."

윤성호가 소리를 빽 지르자 최강철이 단호하게 말을 잘랐다.

그러고는 레프리의 손짓에 링의 중앙으로 성큼성큼 걸어 나갔다.

때앵!

공 소리를 들었지만 아무런 감각도 없다.

나는 이 소리가 운명의 시작을 알리는 신호라고 생각하지 않는다.

링의 중앙에서 엔도를 향해 주먹을 내밀며 이를 드러냈다.

웃음이 아니다.

잔인한 피의 서곡을 알리는 야수의 날카로운 이빨이 적을 향해 움직였을 뿐이다.

최강철은 경기가 시작되는 순간 일본 관중들의 함성이 폭탄처럼 터지는 걸 들었다.

그들의 목소리는 엔도를 연호하고 있었는데 반드시 승리해 달라는 기원이 한껏 담겨 있었다.

최강철은 경기가 시작되자 미친 듯 접근해 오는 엔도의 주먹을 피하며 적절한 거리를 유지시킨 채 레프트 잽을 연사시

컸다.

팡… 파앙… 팡… 팡!

이런 레프트 잽은 경험해 본 적이 없을 것이다.

화살처럼 터지는 최강철의 레프트 잽은 칼날처럼 엔도의
얼굴을 훑고 나왔다.

피한다고 해서 피할 수 있는 공격이 아니었다.

선제공격의 무서운 점은 상대의 균형을 흩뜨려 놓기 때문에
공격의 타이밍을 완벽하게 뺏어놓을 수 있다.

최강철은 라파엘처럼 엔도의 공격에 뒤로 밀리지 않았다.

그렇다고 난타전을 벌인 것도 아닌데 엔도를 링의 중심에
놓은 채 왼쪽으로 돌면서 원거리에서 펀치를 쏟아부었다.

엔도가 잡았던 라파엘의 속도는 최강철에 비하면 토끼와
경주했던 거북이와 다를 바가 없다.

더군다나 쉴 새 없이 날아오는 최강철의 레프트 잽에 의해
연신 고개가 흔들렸기 때문에 엔도는 제대로 된 공격 기회조
차 잡을 수조차 없었다.

최강철은 엔도의 균형이 수시로 무너지는 것을 확인했지만
쉽사리 거리를 좁히지 않고 링 주위를 돌면서 펀치를 날렸는
데 단 한 순간도 움직임을 멈추지 않았다.

엔도가 빠르게 파고들며 콤비네이션을 날려왔으나 그때마
다 최강철은 물러섰다가 다시 거리를 확보한 후 레프트 잽으

로부터 시작되는 좌우 연타를 퍼부었다.

1라운드가 끝날 무렵 벌써 엔도의 얼굴은 붉게 달아올라 있었다.

같은 주먹을 날리며 맞섰지만 엔도는 최강철이 확보해 놓은 거리를 단축시키지 못하고 일방적으로 얻어맞았던 것이다.

"잘했다, 강철아. 일단 이대로 가자."

"강철아, 저놈 이상한 거 발견 못 했어?"

"뭐?"

윤성호가 물수건으로 몸을 닦아주는 순간 이성일이 물었기 때문에 최강철이 반응했다.

이성일은 가끔 결정적인 조언을 해줬기 때문에 의견을 들어볼 필요성이 있었다.

"저 새끼, 머리가 앞으로 나와. 펀치하고 머리가 같이 들어온단 말이야. 무슨 뜻인지 알지?"

"버팅 작전?"

"맞아, 거리만 단축되면 버팅이 될 가능성이 커."

"그래서 대가리를 그렇게 미친놈처럼 들이밀었구만. 알았다, 걱정하지 마."

최강철이 고개를 끄덕이자 이번에는 윤성호가 나섰다.

바둑은 옆에서 지켜보는 사람들이 더 잘 보인다고 했는데

이 둘은 꽤 많은 경기를 지켜봤기 때문에 핵심을 파악하는 눈이 뜨인 것 같았다.

"1라운드에서 일방적으로 당했기 때문에 이제 저놈은 네 발을 잡으려고 할 거다. 웬만한 접근전이 안 된다면 클린치 작전으로 나올지도 몰라. 더티 복싱을 할 수도 있어!"

"무슨 뜻인지 알겠습니다."

"오케이, 강철아. 체력 안배 잘해야 한다."

윤성호의 걱정은 체력이다. 제대로 훈련을 하지 못한 게 아직도 마음에 걸리는 모양이었다.

그의 걱정 어린 고함 소리를 들으며 자리에서 일어났다.

일본 관중들의 함성은 전혀 꺾이지 않았다. 1라운드에서 엔도가 일방적으로 당했지만 그들은 아직 경기가 본격적으로 시작되지 않았다고 생각하는 것 같았다.

링의 중앙에서 맞붙자 엔도가 라이트 롱 훅을 날리며 몸을 날려왔다.

이제 본격적으로 작전을 구사하겠다는 신호였다.

엔도는 최강철이 더킹으로 몸을 슬쩍 낮췄다가 오른쪽으로 돌자 그대로 달려들며 강력한 쇼트를 터뜨렸다.

거의 몸이 바짝 붙은 상태에서 최강철이 도망가지 못하도록 왼팔로 끌어안은 채 날린 라이트 공격이었다.

클린치가 된 상태의 공격이었으나 상당히 날카로워 암 블로

킹이 되지 않았다면 꽤 충격을 받았을 만큼 강한 공격이었다.

하아, 이놈 봐라.

자신을 잡기 위해 별별 전략을 다 세워놨던 모양이다.

클린치를 한 상태에서는 제대로 공격을 할 수 없어야 정상인데 엔도는 교묘한 각도를 형성한 채 복부와 얼굴을 향한 공격을 시도하고 있었다.

레프리가 스톱을 외치기 전 그 짧은 타이밍을 이용해서 공격을 했는데 벌써 3번이나 당했다.

1라운드와 다르게 엔도가 접근전을 펼치며 공격을 성공시키자 일본 관중들의 함성이 급격하게 커졌다.

그들은 드디어 엔도의 특기가 나오면서 최강철을 압박한다고 생각했던 게 분명했다.

하지만 최강철의 표정은 더할 나위 없이 차분하게 가라앉아 있었다.

접근하던 엔도가 몸통을 잡아오는 순간 최강철의 쇼트가 폭발적으로 작렬했다.

왼팔로 몸통을 잡는 순간이었기 때문에 엔도의 왼쪽이 고스란히 비어 있는 상태에서 터진 라이트 펀치의 연사였다.

파방… 팡… 팡!

펀치를 맞은 엔도가 휘청하며 뒤로 물러서는 게 보였다.

놈은 전혀 예상하지 못했던 듯 뒤로 물러서며 급히 전열을

재정비하고 있었지만 최강철은 무리한 접근을 하지 않고 다시 레프트 잽을 꺼내들어 얼굴을 송곳처럼 찔렀다.

워낙 빠른 공격이었기에 엔도의 얼굴이 수시로 흔들거렸다.

더군다나 마지막 순간에 주먹을 비틀었기 때문에 계속 피부가 자극을 받아 엔도의 얼굴은 피가 몰린 것처럼 붉어져 갔다.

엔도는 반격을 받아 대미지를 받은 후부터 클린치 작전을 적극적으로 시행하지 못했다.

대신 최강철이 돌아 나가는 오른쪽을 가로막으며 난타전을 유도해 왔다.

이놈은 아직도 정신을 차리지 못한 게 분명하다.

자신의 체력에 문제가 있다고 생각하며 체력전을 걸려는 것 같았다.

그렇기 때문인지 자신을 따라다니는 스텝이 빠르게 움직였다.

잠시도 자신을 쉬지 못하게 만들겠다는 의도다.

네가 원하는 것이 그것이라면 얼마든지 따라준다.

와봐!

따라온 만큼 물러섰고 펀치가 빗나갈 때마다 엔도의 몸통과 얼굴이 최강철의 주먹에 의해 연신 흔들렸다.

엔도 역시 최정상급의 기량을 가졌기 때문에 완벽한 정타

는 허용하지 않았지만 그 틈을 뚫고 들어가는 최강철의 주먹
은 너무나 예리해서 고개가 뒤로 밀리는 것까지 막을 수 없었
다.

"같이 부딪치지 말라니까! 강철아, 제발 내 말대로 조금만
더 뒤로 빠져. 그러면 놈의 공격에서 완전히 벗어날 수 있잖
아!"
"싫습니다. 이것만 가지고도 충분해요. 허리케인이 뒤로 빠
지면 놈들이 웃습니다."
"야!"
윤성호가 소리를 빽 질렀으나 최강철은 모른 체하며 고개
를 돌렸다.
"성일아, 물이나 한 모금 줘라."
"어, 알았어."
물을 마시며 혀를 내밀어 입술을 축였다.
윤성호의 말이 무엇을 의미하는지 너무나 잘 알지만 결코
그렇게 하고 싶지는 않았다.
놈의 공격을 피하기 위해 움직일 뿐 뒤로 물러서지 않는다.
그게 이번 시합에서 놈들에게 가장 보여주고 싶었던 모습
이었다.
최강철은 링의 중앙으로 나서며 다시 레프트 잽을 가동시

컸다.

인파이팅을 펼치는 놈들에게 가장 커다란 무기는 바로 이 레프트 잽이다.

누군가는 레프트 잽 하나만으로도 세계를 주름잡았다고 했는데 최강철에게는 레프트 잽만 있는 것이 아니었기에 엔도는 정신을 차리지 못했다.

그럼에도 공격을 멈추지 않았다.

오늘 경기에서 일본의 투혼을 보여주겠다던 각오를 실행에 옮기기라도 하려는 듯 그는 원거리에서 날아오는 최강철의 펀치를 피하면서 공격을 하기 위해 몸부림을 쳐댔다.

그때마다 최강철의 반격이 이어졌다.

교묘하게 엔도의 펀치를 피해 낸 최강철은 작정한 듯 레프트 잽에서 이어지는 연타를 얼굴에 집중시켰다.

엔도가 레프트 잽에 무수히 당할 수밖에 없었던 것은 최강철이 가지고 있는 후속 공격이 그만큼 무서웠기 때문이었다.

레프트 잽을 피하기 위해 미리 움직였다가는 그 순간을 이용해서 날아오는 강력한 공격에 당할 가능성이 크기 때문에 엔도는 뻔히 레프트 잽을 보면서도 적극적으로 피할 수 없었다.

하지만 그 결과는 점점 비참하게 나타났다.

그의 붉게 달아올랐던 얼굴이 눈썹 쪽부터 찢어지며 피가 새어 나오기 시작했던 것이다.

*　　　　*　　　　*

"최강철 선수의 레프트 잽, 시간이 갈수록 점점 무서워집니다. 전혀 생각하지 못했던 경기가 펼쳐지고 있습니다! 거의 일방적인 시합입니다. 최강철 선수의 원투 스트레이트가 접근하는 엔도를 저지시키며 터집니다. 최강철 선수 대단합니다! 또다시 레프트 잽! 엔도 선수, 얼굴이 흔들렸지만 접근하며 강한 양 훅을 휘두릅니다. 피하는 최강철 선수. 그냥 물러서지 않습니다. 거리를 확보한 후 다시 터지는 레프트 잽, 이어지는 양 훅! 엔도 선수, 충격을 받은 것 같습니다. 뒤로 물러납니다. 그러나 최강철 선수 따라 들어가지 않고 거리를 확보합니다. 윤 위원님, 최강철 선수가 모험을 하지 않는 것 같습니다."

"그렇습니다. 최강철 선수는 안전 운행을 하려고 작정한 것 같습니다."

"우리가 우려했던 것과 다르게 일방적인 경기가 진행되고 있습니다. 최강철 선수 다시 라이트 훅, 이어지는 레프트 잽. 정말 무서운 레프트 잽이군요. 엔도 선수가 꼼짝을 못 합니다."

"최강철 선수의 레프트 잽은 정평이 나 있지요. 타이밍과 위력 면에서 세계 최고 수준이에요."

"이 정도면 경기가 쉽게 풀리는 거죠. 윤 위원님, 안 그렇습니까?"

"아직은 몰라요. 우리가 가장 걱정하던 건 최강철 선수의 체력이었습니다. 아직 경기는 초반전입니다. 보시는 것처럼 엔도는 아직도 위협적인 펀치를 날리고 있잖습니까. 더 지켜봐야 할 것 같습니다."

"말씀드리는 순간, 최강철의 레프트 잽이 다시 작렬합니다! 아, 엔도 선수의 얼굴에서 피가 흐르고 있습니다. 펀치에 맞은 왼쪽 눈썹이 찢어진 것 같습니다."

"확실히 버팅으로 인한 게 아닙니다. 저건 레프트 훅에 당해서 생긴 상처입니다. 지금까지 계속 맞았기 때문에 피부에 충격이 쌓이면서 발생된 결과입니다."

"이건 정확하게 짚고 넘어가야 될 것 같습니다. 버팅으로 인한 게 아니라는 건 화면으로도 정확하게 알 수 있죠. 아, 말씀드리는 순간, 3라운드 끝났습니다. 최강철 선수 잘 싸웠습니다!"

*   *   *

나는, 나도 가끔가다 놀랄 정도로 섬찟한 짓을 하면서 전혀 거리낌을 가지지 않는다.

지금처럼 말이다.

경기를 시작하면서부터 요요기 경기장을 피로 붉게 물들일 작정을 한 것은 자신에게 신경 둔화제를 주사하려 했던 일본의 의도를 알고 난 후부터였다.

그동안 당한 것에 대한 복수?

아니다. 그 정도에 그쳤다면 이런 미친 짓은 생각도 하지 않았을 것이다.

나는 이들에게 압도적인 힘을 보여주고 싶었다. 그래서 다시는 덤비겠다는 생각조차 할 수 없을 정도의 공포감을 심어줄 생각이었다.

지금까지 야금야금 엔도의 얼굴을 향해 토네이도 펀치를 작렬시킨 건 그런 이유가 있었기 때문이다.

인간의 피부는 생각보다 훨씬 약해서 계속 충격을 받으면 내성을 상실한 채 찢겨 나간다는 것을 너무나 잘 알고 있었다.

바셀린을 얼굴에 잔뜩 찍어 바른 엔도가 미친 황소처럼 접근하는 것을 보면서 최강철은 눈으로 웃어준 후 다시 오른쪽으로 돌았다.

오른손잡이에게 오른쪽으로 도는 것은 복싱의 바이블이나 다름없다.

누구나 알면서도 잡을 수 없는 건 인간의 신체 구조가 그렇게 형성되었기 때문인데, 이를 극복하기 위한 가장 좋은 방법은 레프트 펀치를 자유자재로 사용하며 오른손 못지않은 파괴력을 지니는 것이다.

하지만 그런 능력을 가지고 있는 복서는 모든 체급을 통틀어도 거의 없는 실정이었고 엔도 역시 마찬가지였다.

쉬익, 쉐액!

머리 위로 스쳐 지나가는 펀치의 강도가 아직도 날카롭다.

자신의 펀치에 의해 눈썹이 찢어졌으나 지금까지 상당히 많은 펀치를 맞았음에도 엔도의 펀치 파괴력은 아직도 생생하게 살아 있었다.

더킹과 위빙으로 엔도의 펀치를 흘린 후 다시 레프트 잽을 가동시켰다.

한 번 생긴 상처는 피를 멈추기 위해 바셀린을 잔뜩 발라도 금방 다시 벌어지게 되어 있다.

최강철의 펀치는 각도를 가리지 않고 나왔다.

레프트 잽에 이어 터지는 펀치들은 방향과 각도를 구분하지 않고 터졌는데 2, 3차례는 기본적으로 나온 후 회수되었다.

아직도 일본 관중들은 엔도의 지속되는 공격을 보면서 희망을 잃지 않고 있었다.

"와아, 와아, 죽여. 죽여!"

엔도의 주먹이 최강철의 얼굴에 얹힐 때마다 그들은 이성을 상실한 것처럼 괴성을 질러댔다.

내가 쓰러지기를 원해?

엔도의 펀치가 나를 괴롭힌다고 생각하면 그건 너희들의 눈이 그 정도밖에 되지 않기 때문이야.

크크크… 잠시만 기다려. 그 괴성을 통곡으로 변하게 해줄 테니까.

역시 훈련량이 많았던 모양이다.

그럼에도 엔도의 호흡은 천천히 가빠지고 있었다.

최강철을 잡기 위해 그동안 잠시도 쉬지 않은 채 쫓아다녔기 때문이다.

엔도 진영에서는 훈련량이 적은 최강철을 때려잡기 위해 체력전을 제1전략으로 세웠기 때문에 지금까지 일방적으로 당했음에도 희망의 끈을 놓지 않고 있었다.

체력전에서 진짜 승부는 중반전 이후부터 시작되기 때문이다.

그걸 모를 최강철이 아니었다.

그리고 그는 엔도의 그 작전을 충분히 활용하면서 경기를 이끌어 나가고 있었다.

내 체력?

너희들에게는 최선의 작전이었겠지만 그것은 최악의 선택이기도 했다.

차라리 다른 작전을 선택하고 나왔다면 지금처럼 비참한 모습을 보이지 않았을 테니 말이다.

최강철은 여전히 난타전을 피하며 엔도의 체력을 깎아내렸다.

그의 스텝은 조금도 스피드가 줄어들지 않았고 터지는 펀치들은 점점 더 예리하게 변해가고 있었다.

조금씩 흘러내리던 엔도의 피가 방울이 되어 캔버스로 떨어져 내렸다.

하얗던 캔버스가 엔도의 피로 인해 물들기 시작했으나 최강철의 펀치는 잠시도 쉬지 않고 엔도의 얼굴을 괴롭혔다.

엔도 역시 이를 악물며 공격을 해왔으나 최강철의 빠른 발은 전진과 후퇴를 반복하며 무수한 펀치를 쏟아냈다.

*　　　　　*　　　　　*

"죽여, 죽여!"

"강철아, 제발 여기서 끝내자. 들어가, 들어가라고. 왜 또 물러서는 거야. 아우, 미치겠네."

폭풍 같은 연타를 터뜨린 후 뒤로 물러서는 최강철을 바라보면서 류광일이 소주병을 아예 나발로 불었다.

　잠실 야구장에 모여 있던 사람들은 자신들이 싸우고 있는 것처럼 정신없이 몰입되어 있었다.

　끝없이 들려오는 일본 관중들의 함성과 잠실 야구장에 몰려 있는 대한민국 국민들의 함성이 상충되면서 마치 전쟁터에서 맞붙은 병사들의 모습을 보는 것 같았다.

　일본 관중들도 희망의 끈을 놓치지 않고 열렬하게 응원하는 중이었으나 대한민국 국민들의 반응은 그것을 훨씬 상회했다.

　최강철이 4라운드가 지난 지금까지 압도적인 경기를 펼치며 엔도를 곤죽으로 만들고 있었기 때문이다.

　그럼에도 사람들은 긴장의 끈을 놓지 못했다.

　일본인들이 이런 일방적인 경기에서 아직도 희망의 끈을 놓지 않고 열광하는 이유가 최강철이 훈련을 제대로 못 했다는 것 때문이란 걸 너무나 잘 안다.

　이번 라운드도 최강철이 확실하게 이겼다.

　코너로 돌아가는 모습에서 전혀 지친 기색을 보이지 않았고 그것은 엔도도 마찬가지였다.

　비록 화면을 통해 엔도의 숨결이 가빠지고 있는 게 보였으나 그의 걸음걸이는 조금도 흐트러지지 않았다.

그랬기에 소주병을 입에 대고 마셔대던 류광일은 안주를 먹는 대신 김영호를 바라보며 거품을 물었다.

"야, 강철이가 자꾸 물러서는 이유가 뭘까. 기회가 왔는데도 때려잡지 않잖아. 예전 같았으면 폭풍 같은 러시를 했을 텐데 말이야?"

"체력 때문이 아닐까. 아무래도 강철이는 체력 안배를 하면서 경기를 하는 것 같아."

"전혀 지친 것 같지 않은데?"

"복싱은 한순간에 훅 간다고. 더군다나 체력 훈련을 등한시한 놈은 중반전 이후에 체력이 급격하게 떨어져. 그것도 모르냐?"

"어이구, 씨발. 그러면 아직 안심하면 안 되겠네."

"승부는 지금부터가 진짜야. 이제 5라운드에 들어가니까 중반전이 시작된다. 아우, 살 떨려. 이 정도 경기면 긴장감이 떨어져야 되는데 왜 갈수록 살이 떨리냐. 미치겠다."

"그 말을 왜 해가지고… 젠장, 듣고 나니까 환장하겠구만. 그나저나 우리나라 사람들 정말 대단하다. 잠시도 쉬지를 않네."

공이 울리는 소리가 들리며 최강철이 링으로 나서는 걸 확인한 사람들이 다시 자리에서 일어나는 게 보였다.

경기를 시작하고 지금까지 관중들은 전부 자리에서 일어난 채 지켜보고 있었는데 얼마나 악을 써댔는지 목소리가 성한 사람이 없을 지경이었다.

누군가는 이 경기를 1라운드에 끝냈기를 바랐는지도 모른다.

압도적인 파괴력으로 엔도를 단시간에 쓰러뜨리고 두 팔을 번쩍 드는 걸 상상했을 수도 있으나 그건 복싱을 모르는 사람들의 바람일 뿐이다.

복싱은 생각대로 경기가 진행되지 않고 의외의 결과가 일어날 수 있기 때문에 신중에 신중을 기해 이끌어 나가야 한다.

무패의 복서가 전승 행진을 이어나가는 것은 강력한 파괴력과 테크닉보다 경기를 진행하는 능력 때문인 경우가 훨씬 많았다.

아무리 탁월한 실력을 가졌다 해도 서두르거나 상대를 경시하면 불의의 일격을 받을 수 있기 때문이다.

그런 면에서 본다면 전승을 기록한다는 건 남들이 가지고 있지 못하는 특출한 섬세함과 인내, 그리고 끈기가 뒷받침되어야 가능한 일이다.

5라운드에 들어서면서 최강철은 천천히 엔도의 접근을 저지하기 시작했다.

외곽으로 돌던 전략을 변화시켜 난타전을 벌이기 시작했는데 엔도의 몸통 공격을 그대로 받아넘기며 뒤로 물러서지 않았다.

"강철아, 천천히 해!"

윤성호가 미친 듯이 소리 지르는 게 들렸으나 최강철은 엔도의 펀치를 흘리며 같이 주먹을 내갈겼다.

이것도 전략 중 하나다.

아직도 생생한 체력을 유지하고 있는 엔도의 체력을 더욱 빼놓을 필요가 있었다.

그랬기에 최강철은 듀란전과 마크 브릴랜드전에서 보여주었던 초단거리 접근전을 선택한 후 번개 같은 주먹을 휘둘렀다.

워낙 바짝 붙어 난타전을 벌어지자 일본 관중들이 전부 일어서서 소리를 지르며 엔도를 응원했다.

그들은 최강철의 체력이 소진되어 뒤로 빠지지 못하고 난타전을 선택한 것이라 착각하고 있는 것 같았다.

그러나 서서히 물러나기 시작한 건 최강철이 아니라 엔도였다.

엔도의 쇼트 펀치들도 훌륭했지만 최강철의 쇼트에 비한다면 그 날카로움과 펀치 숫자가 현저히 부족했다.

끊임없이 나오는 최강철의 쇼트 콤비네이션이 엔도의 전신을 두들겼다.

누가 더 우위에 있는지 명확했으나 그럼에도 일본 관중들은 엔도가 미친 듯이 반격을 멈추지 않자 괴성을 질러댔다.

*   *   *

"최강철 선수 어쩐 일입니까! 안 됩니다. 이건 아닌 것 같습니다. 치고받는 두 선수. 최강철 선수 물러서지 않습니다. 엔도의 라이트 혹이 최강철 선수의 복부를 맞혔습니다. 그러나 최강철 선수, 번개 같은 어퍼컷과 쇼트 혹으로 엔도를 물러서게 만듭니다. 윤 위원님, 이거 괜찮을까요? 너무 위험해 보입니다."

"세컨에서 지시가 나왔다면 무리한 전략입니다. 지금까지 경기를 잘 운영해 왔는데 갑자기 왜 이러는 걸까요. 캐스터의 말씀대로 난타전은 아닌 것 같습니다."

"말씀드리는 순간, 엔도의 대시가 시작됩니다. 엔도 선수, 강력한 쇼트 펀치를 난사합니다. 블로킹으로 커버하는 최강철, 반격합니다. 정말 치열한 접전입니다. 최강철 선수 다시 물러서서 거리를 확보하는 게 좋을 것 같습니다."

"지금은 그래서는 안 됩니다. 이미 난타전을 시작했기 때문에 뒤로 물러서는 선수가 불리해요. 최대한 천천히 이 상황을 변화시켜야 합니다."

"아… 최강철 선수 번개 같은 콤비 블로우를 터뜨리고 뒤로 물러섭니다. 다행입니다. 최강철 선수 다시 원래의 경기 패턴으로 진행을 바꿨습니다. 휴우, 정말 긴장되는군요. 거리를 확보한 최강철 선수, 다시 날카로운 레프트 잽을 연사시킵니다. 엔도 선수가 당황하는 것 같습니다. 접근하는 엔도 선수… 따라 들어갑니다. 그러나 오른쪽으로 도는 최강철, 강한 라이트 훅! 엔도 선수 맞았습니다. 주춤하며 뒤로 빠집니다. 최강철, 따라 들어가야 합니다! 이번에는 충격을 받았어요! 기회를 놓치면 안 됩니다."

"들어가지 않는군요. 최강철 선수, 최대한 신중하게 움직이네요. 나쁜 선택은 아니라고 보입니다. 엔도 선수가 완전히 그로기에 몰린 게 아니에요! 저런 상태에서도 얼마든지 강한 펀치를 날릴 수 있는 능력이 있습니다. 이번 라운드 잘 싸우고 있어요."

"엔도 선수의 얼굴에 피가 낭자합니다. 닥터 체크가 필요하지 않을까요?"

"아직은 괜찮아 보입니다. 상처가 크게 벌어지지는 않았어요. 문제는 오른쪽 눈덩이도 부풀어 오르고 있다는 겁니다."

"말씀드리는 순간, 5라운드 끝났습니다! 이번 라운드도 최강철 선수가 이긴 라운드입니다. 코너로 돌아가는 엔도 선수의 얼굴은 선혈이 낭자합니다. 반면 최강철 선수는 아직도 생생해 보입니다. 잠시 광고를 보고 다시 돌아오겠습니다."

자리에서 벌떡 일어서서 중계하고 있던 이종엽이 긴 한숨을 흘리며 털썩 자리에 주저앉았다.

옆에 있던 윤근모도 주저앉는 게 보였는데 진이 다 빠진 모습이었다.

그럼에도 눈은 생생하게 살아 있었다.

예상과 다르게 최강철이 엔도를 압도하며 경기를 이끌어 나가고 있기 때문이었다.

주변에 있는 일본 관중들이 중계를 하는 그들을 향해 눈을 부라리고 있었으나 이종엽과 윤근모는 조금도 신경 쓰지 않고 최강철이 이겨주기를 바라며 소리를 마음껏 질러댔다.

너희들이 아무리 지랄해도 우린 우리가 할 일을 한다.

너희들도 그렇겠지만 우리도 태극기 앞에 맹세를 하며 반드시 이기겠다는 마음으로 출정을 했다.

이건 전쟁이다.

상대에 대한 예의를 차리며 공손하게 두 손을 잡고 대화를 나누는 자리가 아니란 말이다.

*   *   *

엔도는 당황했다.

전략을 변화시키며 난타전과 거리를 둔 상태의 공격을 거듭하자 엔도는 제대로 적응을 하지 못한 채 당황을 숨기지 못했다.

6라운드에 들어서자 최강철은 더욱 빠르게 스텝을 밟으며 엔도의 접근을 차단하다가 반격을 가하는 전략을 선택했다.

일종의 아웃복싱이다.

윤성호가 워낙 강력하게 주문했기 때문에 완벽하게 뒤로 빠지지는 않았지만 초반보다 훨씬 더 거리를 둔 상태에서 경기를 시작했다.

지금으로서는 가장 효율적인 패턴임은 분명했다.

아직 스태미나가 살아 있었지만 엔도는 최강철의 빠른 스텝을 따라오지 못하고 펀치를 남발하고 있었다.

콰앙… 쾅… 쾅!

무모한 펀치를 날려온 엔도를 향해 최강철의 원투 스트레이트가 번개처럼 뻗어나가 안면을 흔들어놓았다.

정확하게 들어간 펀치.

더군다나 앞으로 달려 나오던 엔도였기에 받은 충격은 훨씬 컸을 것이다.

카운터펀치는 그 위력이 배가 된다.

자신의 힘과 상대가 뻗어낸 펀치의 힘이 합쳐지면서 커다란 대미지를 주기 때문이다.

비틀거렸지만 엔도는 쓰러지지 않고 겨우 로프 쪽으로 도망

갔다.

그동안 펀치를 맞추고도 쉽게 들어가지 않던 최강철이 도망가는 놈을 따라 들어가며 펀치를 날렸다.

이미 엔도의 얼굴은 엉망으로 변해 있었고 그가 흘린 피가 캔버스를 붉게 물들인 상태였는데 심각한 대미지까지 입었기 때문인지 비틀거리는 그의 모습에는 귀기가 담겨 있었다.

최강철은 접근해서 가드를 바짝 올리고 있는 엔도의 전신을 향해 펀치 러시를 시작했다.

그동안 숨겨놨던 자신의 전매특허 콤비네이션 펀치를 꺼내들 생각이었다.

이 정도면 되었다.

놈의 얼굴을 엉망으로 만들어놨으니 여기서 끝내도 충분하다는 생각이 들었다.

그때 고개를 바짝 숙이고 있던 놈의 시선에서 살기가 느껴졌다.

피할 새가 없었다.

라이트 훅을 던지기 위해 머리가 앞으로 나간 상태였기에 놈이 갑자기 튀어나오며 머리로 들이박는 걸 피하지 못했다.

레프리가 경기를 스톱시키며 뛰어들었으나 이미 최강철의 오른쪽 눈가에서는 피가 흐르기 시작하고 있었다.

하아, 이 씨발 놈 봐라?

이쯤에서 끝내주려고 했더니 네가 스스로 지옥으로 들어가기를 원했단 말이지.

닥터 체크가 끝나고 경기가 재개하려는 순간 공이 울렸다.

"저 씨발 놈, 개새끼. 일부러 그랬어. 일부러 박은 거라고!"

"으… 결정적인 순간에… 이것도 작전이라고 준비했어, 아주 작정하고. 우려했던 일이었는데 우리가 너무 방심했다."

이성일이 화를 참지 못하고 길길이 날뛰었고 윤성호는 몸을 부들부들 떨어댔다.

버팅을 당하고 닥터 체크를 하는 순간 윤성호는 링으로 들어와 심판을 향해 거센 항의를 했지만 받아들여지지 않았다.

시합 과정에서 벌어진 우연한 버팅이라는 것이었다.

하지만 누가 봐도 고의적인 버팅이었다.

엔도는 위기를 벗어나기 위해 준비를 하고 있다가 주먹이 나오는 순간 틀어진 최강철의 눈을 그대로 들이박았지만 레퍼리는 윤성호의 어필을 받아들이지 않았다.

"진정하세요. 아직 경기 안 끝났습니다."

"아, 열 받아. 괜찮냐?"

"이 정도 피 흘리는 건 아무것도 아닙니다. 괜찮아요."

"씨발, 피가 쉽게 멈춰지지 않는다. 바셀린 좀 더 바르자. 잠시라도 멈추게."

윤성호가 바셀린을 왕창 찍어 바르는 걸 보면서 최강철이 쓴웃음을 지었다.

이 정도 버팅이라면 시합이 시작하자마자 다시 피가 흐른다는 걸 경험으로 알고 있었다.

역시 쪽발이다.

이기기 위해서 모든 수를 동원하고 있으니 이것이 무사도 정신이냐고 묻고 싶었다.

때앵!

공이 울리며 최강철이 자리에서 일어나 링의 중심으로 나갔다.

지금까지는 너와 너의 민족에게 훈계를 주기 위함이었으나 지금부터는 공포를 심어주마.

다시는 덤빌 생각도 못 하게 말이야.

최강철은 겨우 대미지에서 회복된 것처럼 보이는 엔도를 향해 거침없이 다가가며 선공을 펴부었다.

엔도의 공격을 피하기 위해 레프트 잽을 먼저 연사시켰던 것과 전혀 다른 강력한 공격이었다.

바로 지금의 허리케인을 만들어준 공포의 콤비네이션 펀치들이었다.

쾅, 쾅, 쾅!

최강철은 엔도의 주먹을 그대로 받아들이며 전진했다.

엔도 역시 미친 듯이 펀치를 휘둘렀으나 최강철의 주먹이 훨씬 더 빨랐고 강력했다.

지금까지의 파괴력과 근본적으로 다른 최강철의 펀치가 전신에 작렬하자 엔도의 펀치 숫자가 점점 줄어들기 시작했다.

사람은 자신의 한계를 벗어난 공격을 당하면 두려움을 느끼는데 그 반응은 방어에 치중하는 것으로 나타난다.

지금까지 한 번도 다운을 당하지 않았을 정도로 강한 맷집을 가진 엔도였으나 정교하고 날카로운 펀치들이 연이어 들어가자 자신도 모르게 펀치의 숫자가 줄어들었다.

그러나 그것은 그를 지옥으로 끌고 들어가는 선택에 불과했다.

뒤로 밀린다.

펀치 숫자가 줄어들수록 최강철의 콤비네이션 펀치들이 무차별적으로 쏟아지지 시작했다.

아무리 가드를 올린 채 막으려고 노력했어도 상하를 가리지 않고 터지는 최강철의 주먹은 엔도의 방어를 뚫으며 연신 안면을 흔들어놓았다.

엉망이 되었던 엔도의 얼굴이 시간이 지날수록 다시 피로 물들어갔다.

하지만 그것은 최강철도 마찬가지였다.

찢어진 왼쪽 눈에서 피가 방울방울 떨어지고 있었는데 두 사람이 흘린 피로 캔버스가 붉게 물든 건 오래전의 일이었다.

거듭 후퇴하던 엔도가 로프에 몰리자 최강철의 신형이 잠시 뒤로 물러났다.

하지만 그것은 본격적인 공격을 하기 위한 준비에 불과했다.

빠방! 파바바방!

완벽하게 가드를 올리고 있는 엔도의 전신이 샌드백이 되었다.

엔도는 최강철의 펀치가 터질 때마다 벗어나기 위해 몸부림을 쳤지만 거대한 올가미에 걸린 메뚜기처럼 옴짝달싹하지 못하고 얻어맞기만 할 뿐이었다.

그럼에도 쓰러지지 않은 건 결정적인 순간마다 최강철이 펀치를 거두고 뒤로 물러섰기 때문이다.

비틀거리며 겨우 서 있는 엔도의 모습은 초라함 그 자체였다.

당장에라도 몇 대만 더 얻어맞으면 그대로 쓰러질 만큼 엔도의 입은 반쯤 열린 채 헐떡거리고 있었으니 버티는 게 신기할 지경이었다.

7라운드에 들어와 난타전이 벌어지자 일어서서 응원하던 일본 관중들은 시간이 지나면서 벙어리가 된 것처럼 조용해졌다.

로프에 기대어 일방적으로 얻어맞는 엔도를 보면서 그들은 울분을 참지 못하고 있었는데 얼굴이 붉게 상기된 게 금방이라도 눈물이 흘러내릴 것 같았다.

코너로 돌아왔을 때 윤성호와 이성일은 아무 말도 하지 않고 그저 최강철의 상처와 땀을 닦아주느라 분주하게 움직이기만 했다.

말을 하지 않았지만 최강철의 의도를 알고 있었기 때문이다.

그러나 8라운드가 시작될 때 끝까지 한마디도 하지 않았던 윤성호의 입이 슬쩍 열렸다.

"강철아, 잘못하면 죽을 수도 있어. 이만 끝내."

"알았습니다."

최강철이 심호흡을 길게 한 후 눈을 슬그머니 감았다가 떴다.

아니, 아직입니다.

관장님의 뜻은 알겠지만 나는 조금 더 해야겠어요.

비틀거리며 엔도가 코너에서 걸어 나왔다.

하지만 아직도 그의 눈에는 푸른빛이 흘러나오는 게 경기를 포기한 것 같지 않았다.

그게 무사도의 정신이냐.

좋아, 그 정도는 되어야 때릴 맛이 나지.

잘 버텨봐. 절대 무서워하지 마라. 너희들은 칼로 배를 긋는 민족 아니냐.

이까짓 주먹 때문에 두려워하는 시선을 보이지 말란 말이다.

그런 모습을 보이면 난 아마 실망할지도 몰라.

링의 중앙으로 걸어 나가며 레퍼리의 눈을 보자 그는 두 선수의 움직임을 보다가 흠칫 놀라는 표정을 지었다.

최강철의 시선에서 살기를 느꼈기 때문이다.

너는 잘못했어.

저놈이 내 눈을 박는 순간 경기를 끝내는 것이 맞았다.

네가 무엇 때문에 경기를 지속시켰는지 모르지만 너로 인해 저놈은 남은 인생을 절망 속에서 살아가게 될 거야.

최강철은 엔도가 링의 중앙으로 나서는 순간 다시 칼을 꺼내 들었다.

그 칼은 엔도가 지닌 다 찢어진 방패로는 도저히 막을 수 없을 정도로 거대하고 날카로웠으며 강력했다.

경기가 시작된 지 불과 30초 만에 엔도는 자신의 코너에 몰렸다.

마지막 숨을 헐떡이는 짐승.

최강철은 놈의 시선을 바라보며 한 치의 오차도 없이 목표한 곳을 공략하다가 뒤로 빠져나왔다.

어디 그 시선에 담긴 결의를 끝까지 유지해 봐.

나왔다가 다시 들어갈 때마다 엔도의 몸이 움찔거렸다.

코너에 박힌 엔도는 빠져나올 힘조차 없는 것 같았는데 최강철의 폭발적인 펀치가 나올 때마다 전신을 웅크리며 맞지 않기 위해 몸부림을 쳤다.

최강철은 레퍼리의 행동이 이상하면 즉시 공격을 멈추고 뒤로 빠져나왔다.

아직은 아니야.

아직 끝나지 않았어. 아직 저놈의 눈이, 그리고 일본 관중들의 눈에서 공포감이 없잖아.

너도 느꼈으면 아직 말리지 마.

얼마나 시간이 지났을까.

엔도는 빠져나갔던 최강철이 다시 들어오며 펀치를 뿜어내자 가드를 내리더니 미친놈처럼 펀치를 휘둘렀다.

그 옛날 가미카제를 연상시키는 자살 공격이었다.

차라리 죽을지언정 항복을 하지 않겠다는 일본인의 정신. 이미 엔도는 최강철의 의도를 짐작하고 있었던 모양이다.

그랬기에 수치스러운 항복보다 죽음을 택한 것 같았다.

최강철의 시선이 일그러졌다.

놈의 이중성이 마음에 들지 않았다. 다른 사람들에게는 씻을 수 없는 치욕을 주면서 자신만큼은 깨끗한 죽음을 선택하겠다는 건 무슨 논리냐.

그럼에도 최강철은 빠져나오는 엔도의 얼굴을 향해 미사일처럼 강력한 라이트 훅을 날렸다.

콰앙!

그래, 이쯤에서 끝내주마.

하지만 넌 아마 모를 것이다.

너는, 네 정신은 끝까지 살아 있었다고 주장하겠지만 지금까지 시합을 하면서 당해온 너의 모습은 더없이 비참했었다는 걸 말이야.

엔도가 쓰러지는 순간 요요기 경기장은 쥐죽은 듯한 정적에 사로잡혔다.

그 무서운 정적으로 인해 최강철의 승리가 확정되었지만 재일 교포들마저 마음껏 승리를 기뻐하지 못할 정도로 일본 관중들의 침묵은 무서울 정도의 분노를 담고 있었다.

최강철은 엔도가 레퍼리의 카운터가 끝났음에도 버둥거리며 일어나기 위해 몸부림을 치는 걸 보며 말없이 등을 돌렸다.

그리고 두 팔을 번쩍 들고 자신의 승리를 선언했다.

그는 일본 관중들의 무서운 침묵을 보면서 링을 거닐었는데 비록 어떤 말도 하지 않았지만 그의 몸에서는 승자로서의 당당한 위세가 올올이 흘러나오고 있었다.

윤성호가 뛰어나왔고 이성일도 마찬가지로 링을 향해 구르듯 뛰어나왔다.

그런 후 최강철을 끌어안고 눈물을 흘렸다.

그동안의 고생이 승리가 확정되자 물밀듯 밀려왔기 때문이다.

돈 킹과 톰슨이 올라왔고 최강철을 지키기 위해 경호원들이 링을 감싸며 관중들의 난입을 가로막았다.

그만큼 요요기 경기장의 분위기는 험악했다.

침묵에서 깨어난 일본 관중들은 스스로의 분노를 견디지 못하고 물병을 투척하기 시작했는데 그 숫자가 헤아릴 수 없을 정도였다.

"최강철 선수, 정말 무섭습니다. 절대 무리하지 않는군요. 골라 때리고 있습니다. 저 선수를 어떻게 훈련조차 제대로 하지 못한 선수라고 하겠습니까! 엔도 선수, 코너에서 빠져나오지 못하고 쩔쩔맵니다. 이미 완벽한 그로기 상태라고 볼 수 있겠습니다. 윤 위원님, 심판이 왜 말리지 않는 걸까요?"

"최강철 선수가 결정적인 순간 공격을 멈추기 때문입니다. 계속 몰아붙였다면 레퍼리는 경기를 중단할 수밖에 없었을 거예요."

"이러다 사고가 날 수 있습니다. 최강철 선수 다시 들어갑니다. 폭풍 같은 연타입니다. 이번에는 끝내주기를 바랍니다. 최강철 선수, 봐주면 안 됩니다!"

"한 방만 제대로 들어가면 끝납니다. 엔도 선수의 펀치가 나오는 순간을 잘 잡아야 됩니다."

"말씀드리는 순간 엔도 선수, 갑자기 코너에서 뛰어나오며 반격을 가합니다. 펀치가 큽니다. 어쩐 일일까요. 방어에 치중하던 엔도 선수의 공격입니다. 그러나 최강철 선수 엔도의 공격을 피하며 강력한 라이트 훅을 터뜨립니다. 쓰러집니다! 엔도 선수, 기어코 쓰러졌습니다. 고국에 계신 국민 여러분, 엔도 선수가 쓰러졌습니다! 일어나지 못합니다. 일어나지 못합니다. 레퍼리, 경기를 중단시켰습니다. 만세, 최강철 선수가 이겼습니다. 고국에 계신 국민 여러분 기뻐해 주십시오! 최강철 선수가 엔도 선수를 KO로 무찌르고 타이틀 방어에 성공했습니다!"

"정말 대단한 경기였습니다. 최강철 선수 별명인 허리케인답게 엄청난 경기를 보여줬습니다."

"지금 일본 관중들 충격에 사로잡힌 모습입니다. 요요기 경기장은 완벽한 침묵에 사로잡혔습니다. 최강철 선수 당당한 모습으로 링을 돌며 두 팔을 번쩍 치켜들고 있습니다. 자랑스러운 모습입니다!"

이종엽이 링에 시선을 고정시킨 채 정신없이 떠들었다.

물론 경기 중에도 계속 떠들었지만 지금 그의 입은 모터가 달린 것처럼 한순간도 멈추지 않았다.

그의 기쁨은 뒤늦게 일본 관중들이 물병을 던지기 시작했는데 그들 쪽으로도 날아오고 있었다.

죽일 테면 죽여봐.

이 새끼들아, 최강철이 이겼어. 우리의 영웅 최강철이 너희가 자랑하는 엔도를 박살 냈단 말이다.

*   *   *

김영호와 류광일은 일방적으로 엔도를 두들기는 최강철은 모습을 보면서 손을 꼭 잡고 있다가 결국 엔도가 바닥에 개구리처럼 쓰러지는 순간 서로의 몸을 끌어안고 몸부림을 쳤다.

"만세, 만세다!"

"최강철, 이 자식 최고다!"

이미 소주병은 전부 비워져서 바닥을 구르고 있었지만 두 사람은 전혀 취하지 않은 것처럼 눈이 번쩍번쩍 빛났다.

잠실 야구장을 가득 채웠던 사람들 역시 자신들과 비슷한 행동을 하고 있었다.

모르는 사람들도 상관없었다.

오늘은 어떤 사람과 끌어안아도 성추행으로 고소당하는 일은 없을 것이다.

태극기 물결이 넘실거렸고 어른, 아이 구분할 것 없이 전부 기뻐서 덩실덩실 춤을 추었다.

최근 대한민국 역사에서 이렇게 기쁜 일이 또 있었을까.

사람들이 진정으로 기뻐한 것은 불리했던 현실을 극복하고 믿어지지 않는 경기력으로 완벽하게 엔도를 때려잡은 자신들의 영웅 최강철을 지켰다는 안도감 때문이었다.

국민들은 서로에게 말을 하지 않았지만 가슴속에 미안함을 가득 담고 있었다.

한순간에 벌어진 어이없는 사건을 마주하며 진실도 확인하지 않은 채 최강철을 비난하고 죽이려 했던 자신들의 행동은 도저히 용서받을 수 없을 만큼 부끄러운 것이었다.

이젠 되었다.

최강철은 영웅의 자리를 지켰고 자신들은 그의 승리로 인해 용서받을 수 있는 기회를 부여받았으니 다시는 똑같은 실수를 반복하지 않을 것이다.

그래서 오늘은… 더없이 기쁜 날이다.

제38장
미래를 위한 준비

일본 관중들의 분노.

그들의 분노는 최강철으로 인해 짓밟힌 자존심 때문에 발생된 것이 분명했다.

철저한 농락.

복싱 경기를 보면서 이토록 비참한 마음을 느낀 것은 처음이었겠지.

시합이 시작된 후 마지막 순간까지 단 한 번도 우세한 경기를 펼치지 못했고, 마지막 순간에는 고양이가 쥐를 가지고 노는 것처럼 일방적인 진행이었다.

그러나 일본 관중들의 분노는 그것으로 인한 것이 아니라 쓰러뜨릴 수 있음에도 계속 경기를 진행시키며 엔도를 무차별적으로 두들겨 팬 최강철의 행동에서 비롯된 것이었다.

분노한 관중들의 소란으로 인해 그동안 계속 진행되어 왔던 링 아나운서의 인터뷰가 생략되었으나 끈질긴 일본 기자들은 쫓아다니며 그의 행동을 거침없이 비난했다.

"허리케인, 당신은 스포츠맨십을 어기지 않았습니까. 한 말씀 해주시죠."

"내가 무슨 스포츠맨십을 어겼다는 겁니까?"

"당신은 엔도가 그로기에 빠져 있는데도 경기를 끝내지 않고 지속시켰습니다. 엔도 선수의 얼굴은 그로 인해 처참하게 변했습니다. 자칫 잘못하면 커다란 불상사가 생길 수도 있었어요. 그게 잘못이 아니고 뭐란 말입니까?"

"그렇다면 당신들은 내가 일부러 엔도 선수에게 상처를 주기 위해 그런 짓을 했다고 생각하는 겁니까?"

"그게 아니면 뭡니까?"

"엔도 선수는 그동안 18전 전승 KO승을 기록했던 선수였습니다. 막상 부딪혀 보니 그의 펀치력은 제가 상대해 왔던 선수들 중 최정상급이었습니다. 자칫 무리한 공격을 하면 제가 당할 가능성이 있을 만큼 대단했죠. 그렇기에 조심스러운 공격을 할 수밖에 없었습니다. 나중에 화면을 보시면 알겠지만 엔도 선수는 끝까지 반격을 노리고 있었습니다."

"엔도 선수의 마지막 반격이 두려워 그랬다는 겁니까?"

"그렇습니다."

"엔도 선수의 얼굴은 피투성이였습니다. 같은 선수로서 불쌍하다는 생각조차 들지 않았습니까?"

"기자님들은 전사가 피를 흘리는 걸 불쌍하게 생각하는 모양이군요. 엔도는 전사였습니다. 그리고 훌륭하게 싸웠습니다. 그는 마지막 순간까지 포기하지 않았고 저 역시 그의 버팅으로 인해 눈이 찢어지며 많은 피를 흘렸습니다. 비록 그의 버팅에 의해 피를 흘렸으나 저는 엔도 선수를 원망하지 않습니다. 복서는 이기기 위해 최선을 다하다 보면 자신도 모르게 실수를 하기도 하니까요. 이것이 복싱이고 승부라는 것 아니겠습니까?"

"혹시 다른 이유는 없었습니까?"

"어떤 이유 말입니까?"

최강철이 질문해 온 일본 기자의 얼굴을 빤히 바라보며 되물었다.

링에서 내려와 라커룸으로 들어왔을 때 쫓아온 일본 기자의 숫자는 50명이 훌쩍 넘고 있었다.

비록 경호원들에 의해 가로막혀 라커룸으로 들어오지 못했지만 그들의 얼굴은 일본 관중 못지않게 흥분된 상태였다.

그랬기에 질문하는 음성들이 잔뜩 격앙되어 있었다.

사람은 누구나 행동만 보면 누군가의 감정이 어떤지 알 수 있는 능력이 있다.

지금 일본 기자들의 행동이 그렇고, 자신이 링에서 엔도를 때려잡을 때 했던 행동에도 분명 감정이란 게 담겨 있었다.

그럼에도 멍청하게 그걸 고스란히 나타내는 건 어리석은 짓이다.

최강철이 되묻자 일본 기자들의 얼굴이 일그러졌다.

그들은 묻고 싶었을 것이다.

일본에 당해왔던 한국의 불행했던 역사를 되갚고, 자신감에 흘러넘쳐 그동안 승리를 호언했던 엔도에 대한 감정들이 시합을 통해 분풀이된 게 아니냐며 질책하고 싶었을 것이다.

그러나 그들은 최강철의 반문에 아무런 말도 하지 못했다.

그때 뒤따라왔던 한국 기자들의 입에서 거친 목소리가 터지기 시작했다.

"씨발, 기자라는 새끼들이 그걸 질문이라고 하냐? 실력이 없어 진 걸 가지고 왜 지랄들이야!"

최강철의 통쾌한 승리로 인해 대한민국은 난리가 났다.

불리한 상황으로 인해 가슴을 졸이며 지켜봤던 국민들은 최강철이 일방적인 경기를 펼치며 승리를 하자 축제의 분위기에 빠져들었다.

말로는 설명할 수 없는 통쾌함.

마치 이것이 대한민국의 진정한 힘이라는 것을 보여주기라도 하듯 최강철은 8라운드 내내 엔도를 압도했고, 버팅을 당해 피가 쏟아지기 시작했던 마지막 2라운드는 학살이란 표현을 써도 될 만큼 박살을 내버렸기에 국민들은 경기가 끝나자 덩실덩실 춤을 추며 환호성을 내질렀다.

몰염치라는 말이 있다.

체면을 지키지 않은 채 부끄러움을 느끼지 못한다는 것이 몰염치라는 단어다.

경기가 끝나고 일본 국민들이 물병을 던지며 분노하는 장면과 일본 기자들이 최강철에게 따라붙으며 질문했던 내용들이 한국 기자들에 의해 알려지자 국민들은 일본인들의 몰염치를 성토하며 이를 갈았다.

그럼에도 국민들은 금방 일본인들의 몰염치한 행동을 잊고 축제 속으로 빠져들었다.

승자는 언제나 관대한 법이기 때문이다.

최강철은 시합을 승리로 이끈 후 기자들의 질문이 끝나자 바로 호텔로 돌아왔다.

워낙 분위기가 험악했기도 했지만 언론에 노출되어 자극할 이유가 없기 때문이었다.

선수로서 하지 말아야 할 짓을 했다.

일본 언론의 질책처럼 스포츠맨십을 위배했다는 건 분명한 사실이었다.

그럼에도 후회는 않는다.

받은 것은 반드시 돌려줘야 하고, 한번 결정한 후 실행에 옮긴 것은 그 결과가 어떻게 나오든 후회할 이유가 없었다.

일본인들의 감정은 호텔에서도 여과 없이 그대로 드러났는데 최강철 일행을 바라보는 시선에서 적의가 가득 담겨 있었다.

복싱 협회의 유광호에게서 전화가 온 것은 돈 킹과 톰슨까지 모여 일행이 작은 맥주 파티를 벌이고 있을 때였다.

돈 킹은 최강철의 승리에 고무되어 그동안의 일을 잊은 채 연신 웃음을 흘려냈는데 그 어느 때보다 기뻐하는 모습이었다.

"사무장님, 어쩐 일이세요?"

—승리 축하하네, 정말 통쾌한 시합이었어.

"고맙습니다. 그런데 사무장님 목소리를 들어보니 축하만 해주려고 전화한 것 같지 않은데요?"

—이 귀신아, 너는 어째 그 모양이냐. 좀 알아도 모른 척해주면 안 돼? 본론은 축하 먼저 해주고 말해야 약발이 더 잘

먹히는 거잖아. 일단 축하 먼저 받아!

"하하… 그런가요. 그럼 마음껏 축하해 주세요."

그의 말에 최강철은 활짝 웃었다.

좋은 인연을 가진 사람들의 농담은 언제나 이렇게 즐거움을 준다.

—강철아, 이마 찢어진 건 괜찮냐. 봉합은 했어?

"시합 끝나고 바로 했습니다. 13방 꿰맸어요. 생각보다 큰 상처는 아니라서 조금 지나면 괜찮아질 겁니다."

—다행이다.

"지금 맥주 파티 열고 있어요. 사무장님도 같이 계셨으면 좋았을 텐데 아쉽네요."

—오늘 내가 거기 있었으면 곤죽이 되었을 거다. 네가 이겨서 너무너무 기분이 좋거든. 난 아까 그 자식 쓰러졌을 때 덩실덩실 춤까지 췄어. 너무 기뻐서.

"알았으니까 그만하시고 본론을 말해보세요. 왜 전화하셨어요?"

—너한테 부탁할 게 있어서 했다.

"뭐죠?"

—국민들이 지금 난리다. 전부 축제 분위기에 빠져 있어. 그래서 말인데… 이번에는 카퍼레이드 좀 하면 안 되겠냐?

유광호의 말에 최강철이 잠시 수화기에서 귀를 뗐다.

그도 자신이 카퍼레이드를 거부했다는 걸 안다. 유광호는 그 소식을 듣고 잘했다며 칭찬을 했었는데 이제 와서 전혀 예상치 못했던 부탁을 해오자 저절로 인상이 굳어졌다.

"사무장님, 정부 쪽에서 협박받으신 겁니까?"

ㅡ아니야, 간절하게 부탁받은 거다. 체육부에서 복싱 협회 주관으로 해도 좋으니까 카퍼레이드만 해달라고 통 사정하더라. 이번만큼은 일본전을 승리로 이끌었으니 국민들한테 모습을 보여야 된다면서 애걸복걸해 왔어. 네가 저번에 하도 펄쩍펄쩍 뛰었기 때문인지 걔들은 아예 나설 생각도 하지 못해. 강철아, 네가 무슨 생각을 가지고 있는지 잘 알지만 이번에는 내 얼굴을 봐서라도 국민들한테 네 얼굴을 보여주면 안 되겠냐?

"생각을 해보겠습니다."

ㅡ우리나라 국민들은 너한테 미안한 감정을 가지고 있어. 국민들이 너를 미친 듯이 응원한 건 아마, 그런 미안함이 있었기 때문일 거다. 그러니 그런 국민들에게 네가 용서하고 있다는 걸 보여줘야 되지 않겠냐?

시합이 끝난 다음 날 최강철은 바로 귀국을 선택했다.

워낙 가까운 일본이었기에 가능한 일이었다.

만약 시합 장소가 미국이었다면 치료를 하면서 피로를 풀다가 천천히 귀국했을 테지만 한국 국민들은 최강철이 하루라도 빨리 돌아오라며 성화를 부리고 있었다.

국민들은 자신들의 영웅이 일본에서 불안하게 지내는 걸 원치 않은 모양이었다.

일본 언론은 최강철의 말을 그대로 내보냈다.

〈최강철, 마지막 순간까지 후지산의 호랑이를 두려워하다〉

〈챔피언의 고백, 비록 졌지만 엔도의 펀치력은 세계 최고 수준!〉

〈엔도의 투혼, 챔피언도 인정!〉

일종의 자기 위안이다.

그들은 엔도의 강한 주먹 때문에 마지막 순간까지 함부로 공격하지 못했다는 최강철의 말을 통해 조금이라도 자존심을 회복하고 싶었던 것이 분명했다.

하지만 세계 각국의 뉴스 타이틀은 일본과 완벽하게 달랐다.

〈허리케인, 후지산의 호랑이를 완벽하게 제압하다!〉

〈막강한 위력, 허리케인의 압승〉

〈후지산의 호랑이, 한국산 태풍에 날아가다!〉

자극적인 타이틀 밑에 달린 기사들은 더욱더 경기 내용을 신랄하게 표현하고 있었다.

그들은 일본 언론에게 말한 최강철의 관용을 절대 받아들이지 않았다.

양국 관계를 너무나 잘 알았고 최강철의 훈련을 방해했던 배경에 일본 정치인이 있었다는 폭로까지 믿었기에 최강철의 분노가 시합에서 터졌다는 사실을 여과 없이 보도했다.

최강철의 출국 소식을 알면서도 일본 언론은 공항에서 찾아볼 수 없었다.

대신 일본으로 넘어왔던 한국 기자들이 그를 호위하는 것처럼 따라붙으며 당당한 위세를 뽐냈다.

스산했던 일본 공항과는 달리 김포공항은 최강철을 기다리는 사람들로 인산인해를 이루고 있었다.

여행을 떠나기 위해 공항을 찾은 사람들은 물론이고 자발적으로 최강철을 마중하기 위해 나온 열성 팬들까지 몰려들었기 때문에 공항 로비가 마비될 정도였다.

최강철이 입구 게이트를 통해 모습을 드러내자 사람들의 입에서 우레와 같은 함성이 흘러나왔다.

"최강철, 최강철, 허리케인, 허리케인!"

마치 시합이 벌어지고 있는 경기장에 온 것처럼 사람들의 함성은 끝이 없었다.

최강철은 그들을 향해 힘껏 주먹을 치켜들며 승리를 다시 한번 확인시켜 주었다.

"저는 이번 경기에서 혼자 싸우지 않았습니다. 국민 여러분의 성원을 너무나 잘 알기에 절대 지지 않겠다는 신념을 가지고 싸웠으니 이 승리는 국민 여러분 전체의 승리입니다."

공식 기자회견에서 최강철은 이런 말을 남긴 후 유광호의 안내를 받아 오픈카에 올라탔다.

이런 자신의 행동이 어떤 결과로 나타날지 알 수 없었지만 오늘만큼은 국민들과 기쁨을 함께 나눠야 한다고 생각했다.

유광호의 말대로 사람들은 자신에게 미안한 감정을 가지고 있을 것이다.

이 정도의 퍼포먼스로 그들의 미안함을 더욱더 커다란 사랑으로 승화시킬 수 있다면 충분히 할 수 있는 일이었다.

오픈카에 오른 후 서울로 향했다.

앞에는 경찰 사이렌 카와 오토바이가 앞장을 섰고 오픈카를 호위하듯 수많은 차량이 뒤를 따랐다.

오픈카를 향해 반대쪽 차선에서 마주 다가오던 차량들의 경적 소리가 불을 뿜었다.

그들은 경적을 올리며 창을 내리고 손을 흔들어댔는데 최강철의 승리를 축하하는 V 자가 그려져 있었다.

시내로 들어오자 최강철을 환영하는 인파들이 거리를 가득 메운 채 열렬한 환호를 보내왔다.

도로는 통제되어 앞길이 훤하게 비었으나 오픈카는 시속 20㎞의 속도로 달리며 최강철이 국민들에게 인사할 수 있도록 속도를 늦춘 상태였다.

장관이다.

그 누가 이런 환영을 받을 수 있단 말인가.

그 옛날 정권에 의해 동원되어 태극기를 흔들던 여고생들의 인파가 아니었다.

넥타이 부대부터 학생들, 심지어 길거리 가게에서 일하던 사람들까지 모두 뛰어나와 최강철을 보기 위해 목을 길게 치켜들었다.

자진해서 이런 환영 인파를 만들었으니 최강철에 대한 국민들의 사랑은 지금까지 그 누구도 받아보지 못했던 특별한 것이 분명했다.

한바탕 꿈을 꾼 것 같았다.

승리의 열풍은 생각보다 오래갔고 그를 대하는 사람들의 태도는 나라를 구한 영웅 그 자체였다.

그러나 시간은 결국 승리의 열풍을 서서히 잠재워 갔다.

최강철이 김도환을 만난 것은 국내로 돌아와 5일이 지났을 때였다.

그와는 국내에 들어와 두 번 통화했는데 여전히 대기 발령 상태를 벗어나지 못하고 있었다.

"형님, 놀아서 그런가 얼굴이 좋아졌네요?"

"그러지 마라. 마누라가 요새 날 못 잡아먹어서 안달이야. 돈 못 벌어오는 남자가 이렇게 초라해질 줄은 정말 몰랐다."

"회사에서 돈 안 나옵니까?"

"말이 그렇다는 거지. 월급의 70%는 나온다. 아직 안 잘렸으니까 먹고살 정도는 주더라."

"복귀는요?"

"그게 쉽지 않을 것 같아. 모 회사 회장이 그쪽과 선이 닿아서 그런가 나를 죽이겠다고 공언했다네. 매국노와 결탁한 놈이 한둘이 아닌가 봐. 누가 누굴 죽인다는 거냐? 다 때려죽여도 시원찮을 새끼들이 염병을 떨고 있어!"

김도환은 생각할수록 화가 나는지 앞에 놓여 있던 소주잔을 단숨에 비웠다.

최강철을 변호하느라 거의 매일 데스크와 부딪쳤고 권력층에 정면으로 대들었기 때문에 그는 괘씸죄에 걸려 원래의 자리로 돌아가기 요원한 실정이었다.

그럼에도 기가 죽지 않았다. 원래의 성격이 불도저 스타일이라 그는 여전히 성깔이 살아 있었다.

"형님, 그럼 회사 그만두세요. 뭐 하러 그런 놈들 밑에서 있어요."

"크크크… 야, 목구멍이 포도청인데 먹고는 살아야지. 여기서 그만두면 그냥 죽는다고. 이쪽 세계가 워낙 판이 작아서 다른 곳은 날 받아주지 않아."

"그럼 그쪽에서 놀지 말고 나를 도와주세요. 사실 오늘 형님을 만나자고 한 건 이 이야기를 하기 위함입니다."

"도와달라고, 뭘?"

김도환의 눈에서 의아해하는 시선이 흘러나왔다.

최강철의 말에는 그냥 돕는 것과 다른 뜻이 담겨 있었는데 그게 무엇을 뜻하는지 쉽게 이해할 수 없었다.

그때 최강철의 입이 열리며 그의 의문을 풀어주었다.

"회사 하나 차립시다. 그래서 형님이 그 회사를 맡아주세요."

"회사라니?"

"앞으로의 사회는 정보가 생명이 되는 사회로 변화할 겁니다. 누가 더 고급 정보를 확보하느냐에 따라 승패가 결정 날 거예요."

"그래서?"

"언론이 떠드는 건 정보가 아닙니다. 진짜 정보는 언론이 취급하지 못하는 것들이죠. 골든 인포메이션이라고 들어보셨습니까?"

"강철아, 도대체 너 뭘 하고 싶은 거냐. 그런 정보를 왜 얻고 싶은 거냐고!"

"내가 뭘 하고 싶어 하는 것 같습니까?"

"음……."

최강철의 반문을 들은 김도환의 입에서 무거운 신음 소리가 흘러나왔다.

대충 무슨 뜻인지 알 것 같았기 때문이다.

최강철의 눈에 담겨 있는 야망을 보는 순간 그의 머리는 빠르게 회전하면서 상황을 분석하기 시작했다.

최강철은 복서이면서 영웅이기도 했다.

이 정도의 파괴력을 가진 사람이 정보까지 틀어쥐면 사회 전반에 엄청난 영향력을 발휘할 수 있었다.

거기에 막대한 자금까지 있으니 더할 나위 없다.

최강철의 시선에 담겨 있는 의지를 보는 순간 많은 생각이 주마등처럼 머리를 스쳐 지나간 건 그런 이유 때문이다.

"형님, 정보와 관련된 사람들을 스카우트하세요. 안기부, 검찰, 기무사, 보안대, 언론 등 정보 관련 분야에서 뛰어난 능력을 가진 사람들을 데려오란 말입니다. 돈은 얼마가 들어도 상관없습니다. 그러니 그 분야에서 최고들을 스카우트하세요."

"무슨 말인지 알겠지만 회사는 매출이 있어야 한다. 매출이 없는 회사는 유령 회사에 불과해. 그리되면 남들의 시선이 집중된단 말이야."

"알고 있습니다. 그래서 저는 우리 회사에 보안 분야를 추가할 생각입니다. 해병대나 특전사, 그리고 무술 유단자들로 구성된 보안 회사로 위장하면 됩니다. 은행이나 돈을 다루는 곳, 그리고 잘사는 자들은 곧 보안 회사를 필요로 하게 될 겁니다. 그러면 매출은 자연스럽게 생기게 되죠. 그때까지 필요한 자금은 제가 모두 댈 테니 걱정하지 마시고요."

"바쁘겠구나. 사람들을 스카우트하려면 정신없이 움직여야겠어. 언제까지 하면 되냐?"

"일단 회사부터 만드세요. 너무 서두르지 않아도 됩니다, 대신 다시 말씀드리지만 정보 분야와 보안 분야에 최고의 정예들로 뽑되 신분 검증을 철저하게 하세요. 내부에 배신자가 있다면 치명적인 타격을 받게 될 테니까요."

"그건 걱정하지 마라."

"그리고 형님, 제일 먼저 그분에 대해서 알아봐 주세요."

"누구?"

"창래 형님한테 전화 걸었던 여자 말입니다."

"그 여자는 왜?"

"저를 위해 위험을 감수했으니 이젠 제가 돌봐줄 차렙니다. 지금쯤 고초를 겪고 있을지 몰라요. 최대한 빨리 찾아내야 합니다."

"당연히 그래야지. 나도 그러고 싶었는데 내 코가 석자라 하지 못하고 있었다. 그건 내가 최대한 빨리 알아보지. 또 다른 건?"

"회사를 만들고 인원이 충원되면 천천히 그놈들에 대해서 알아보세요. 일본 쪽과 관련된 게 그놈들뿐인지, 아니면 그 뒤에 또 뭐가 있는지 확실하게 알아야 되겠습니다."

"아이고, 좋다. 씨발, 이제 일다운 일을 할 것 같네. 그 새끼들 집에 있는 숟가락 숫자까지 철저하게 까발려서 가져올 테니 걱정하지 마라. 그런데 강철아, 그놈들 뒤를 캐서 어쩔 작정이냐?"

"매국노들은 어떤 수를 쓰든 단두대에 올려야죠. 나는 그 자들을 죽일 생각입니다."

"그놈들은 거대한 권력을 가지고 있어!"

"괜찮습니다. 권력은 국민이 만들어주는 것뿐이에요. 국민들의 믿음을 배신한 놈들은 철저하게 뿌리 뽑아야 됩니다."

"으… 좋다. 씨발, 해보자."

"회사가 만들어지면 법인 통장부터 개설하세요. 그 통장으로 우선 20억을 넣어놓을 테니 형님이 마음껏 쓰세요. 자금이 더 필요하면 저한테 전화하시고요."

*   *   *

최강철이 미국으로 넘어간 것은 한국으로 돌아온 후 10일이 지났을 때였다.

같이 간 것은 윤성호였는데 그는 아내인 황인혜에게 간다는 사실만으로도 얼굴에 웃음꽃이 흘러넘쳤다.

이번 일정은 보름을 머무는 것으로 계획했는데 마이다스 CKC의 실적과 투자사들의 추진 성과를 확인하는 것도 있었지만 마이크로소프트사의 빌 게이츠를 만나는 것이 가장 커다란 이유였다.

윈도우를 개발하는 데 투자한 비용이 2년 동안 500만 달러가 소요되었고, 그 결과가 드디어 나왔으니 이제 빌 게이츠와 만날 필요성이 있었다.

공항까지 마중 나온 서지영은 최강철의 눈을 어루만지며 눈물을 글썽였다.

그녀는 검찰 조사를 받는 동안 매일같이 전화를 했는데 최강철이 조사 내용을 상세하게 말을 하지 않았어도 어떻게 알았는지 내용을 정확하게 알고 있었다.

그녀를 얕봤다.

언제나 여린 여자에 불과하다고 생각했으나 그녀는 마이다스 CKC를 이끌며 벌써 뉴욕 사회에서 상당한 영향력을 행사하고 있었다.

세계 최고 법률 체계를 지닌 미국의 변호사들을 동원해서 서지영은 한국 검찰의 움직임을 손바닥처럼 들여다봤다는 걸 나중에야 알았다.

　권력의 개들은 더 큰 권력을 가진 자에게 더없이 약하다는 걸 그녀는 이미 알고 있었던 모양이다.

　"강철 씨, 눈은 괜찮은 거지?"

　"응, 괜찮아."

　"이제 그만 미국으로 돌아와. 거기서 험한 꼴 당하지 말고. 학교는 이곳에서 다녀도 되잖아. 강철 씨가 결정만 한다면 어떤 학교라도 들어갈 수 있단 말이야."

　"나는 한국에서 반드시 할 일이 있어. 한국으로 돌아간 건 그걸 이루기 위함이라고 말했잖아. 지영 씨도 나와 결혼하면 한국으로 돌아가야 해."

　"나도?"

　"그럼 신랑도 없이 여기서 혼자 살 생각이었어?"

　"회사는 어쩌고?"

　"하하하… 당장 돌아가자는 건 아니고 언젠가는 한국에서 살아야 된다는 말이었으니까 그렇게 눈 부릅뜨지 마."

　"아휴, 깜짝 놀랐잖아."

　"가자, 오랜만에 우리 둘이서 와인 마시자. 집 앞에 있는 강물을 바라보며 마시면 분위기가 좋을 거야."

"어머, 분위기는 왜 잡아?"

"왜긴, 분위기를 잡아야 우리 지영 씨 황홀하게 만들어줄 수 있으니까 그렇지."

*   *   *

미국의 주식 시장은 3,200포인트 전후에서 횡보를 거듭하고 있었다.

그럼에도 최강철의 자산은 불과 6개월 만에 7,000만 달러가 늘어 있었다.

애플과 나이키가 무상증자를 했고 버크셔 해서웨이의 주가가 20% 상승했으며 서지영이 이끄는 선물 팀이 800만 달러의 성과를 이뤄냈기 때문이다.

정말 돈이 돈을 번다는 말이 무색해질 정도였다.

워낙 거대한 금액이 투자되어 있었으니 자산은 그 세를 불리며 기하급수적으로 늘어났다.

그러나 주식 시장에서 얻은 성과는 델 컴퓨터와 시스코에서 얻어낸 수익에 비하면 아무것도 아니었다.

델 컴퓨터의 약진은 그야말로 무서울 정도였다.

그가 투자한 후 지금까지도 엄청난 발전을 거듭해 왔으나 금년 들어 보여준 델 컴퓨터의 성과는 어마어마했다.

주식 상장을 하면서 그의 지분은 17%로 줄어든 상태였으나 유, 무상 증자와 주가 상승이 이어지면서 그의 자산은 3억 달러를 초과하고 있었다.

시스코의 상승세는 오히려 델 컴퓨터보다 더했다.

델 컴퓨터는 상장하면서 대주주임에도 마이크 델에게 모든 경영권을 맡겼지만 시스코는 완전한 그의 회사였고 그림자 경영의 모태가 되는 회사였기에 더욱 그 폭발적인 성장이 기쁠 수밖에 없었다.

시스코는 전문 경영인에게 맡겨 운영되고 있었으나 회사의 재무 구조는 마이다스 CKC에서 완전히 장악하고 있었기 때문에 결정적인 중요 사안은 최강철의 허락을 받아야 실행될 수 있었다.

시스코는 델 컴퓨터보다 매출액은 적었지만 순이익은 오히려 훨씬 많았다.

이미 구축된 시스템을 기반으로 신규 고객들을 확보했기 때문에 투입되는 원가가 델 컴퓨터보다 훨씬 적었기 때문이다.

마이다스 회계 팀에서 분석한 바로는 지금 당장 주식 시장에 상장해도 델 컴퓨터의 총액보다 더 많은 13억 달러의 자산 가치가 있는 것으로 평가되었다.

더군다나 앞으로의 발전 가능성이 무궁무진했으니 시스코

는 황금 알을 낳는 거위와 다름없었다.

*   *   *

"두 분은 언제 봐도 어울리는 한 쌍입니다. 그런데 허리케인
의 상처는 아직 완쾌되지 않았군요. 버팅으로 인한 상처가 컸
던 모양이죠?"

"그렇습니다. 이마가 제법 찢어져서 앞으로 2주 정도는 더
지나야 할 것 같습니다."

"이번 경기는 일방적인 시합이었습니다. 일본 선수도 상당
히 강하다고 전문가들이 평해서 긴장했는데 막상 뚜껑을 열
어보니 상대도 되지 않더군요."

"나를 응원하셨나요?"

"당연하죠. 나는 당신의 사업 파트너이기 이전에 허리케인
의 열렬한 팬이기도 하답니다."

"고맙습니다."

약속한 회의 장소에 들어선 최강철과 서지영을 향해 빌 게
이츠는 한동안 복싱 이야기로 시간을 보냈다.

하지만 그의 앞에는 서류가 잔뜩 놓여 있었는데 윈도우 개
발 과정, 투자 금액의 사용, 향후 제품의 판매 전략 등이 담긴
것들이었다.

바로 이곳에 오기 전 최강철이 요청한 서류였다.

"윈도우가 시판되었다면서요?"

"2달 전부터 본격적으로 판매를 시작했습니다."

"반응은 어떻죠?"

"상당히 좋습니다. 이대로라면 조만간 엄청난 판매량을 기록할 것 같아요. 워낙 획기적인 신기술들이 강화되었기 때문에 고객들의 평가가 좋거든요."

당연한 일이다.

마이다스 CKC에서 넘겨준 특허와 기술 자료들은 획기적인 기술들이 포함되어 있어 단박에 윈도우의 체계를 상승시켜 놓았다.

아직 인터넷 사용이 활성화되지 않았을 뿐 시간만 조금 지나면 경쟁자들을 완벽하게 물리치고 윈도우 제국을 만들어 나갈 것이다.

최강철이 부드러운 시선으로 빌 게이츠를 바라본 것은 그의 시선을 확인하기 위함이었다.

사람의 마음은 눈을 통해 읽을 수 있고 그것은 경륜이 많을수록 더욱 정교해진다.

이제 본격적으로 윈도우가 시장을 장악하기 시작하면 빌 게이츠는 억울하다는 생각을 가질지 모른다.

마이다스 CKC로부터 신기술을 넘겨받았고 막대한 투자금을 사용했음에도 그런 생각을 가질 수 있는 건 막대한 이윤이 발생되기 때문이다.

그가 알고 있는 빌 게이츠는 사업 쪽에서 냉혹한 킬러를 연상시킬 만큼 많은 파트너의 목숨을 끊어놓은 사람이었다.

"내가 이곳에 온 이유는 윈도우 판매로 얻어지는 수익을 정확한 시간에 정산해 달라는 말을 전하기 위해서입니다. 잘 아시겠지만 마이다스 CKC의 회계와 정보 팀은 세계 최고 수준을 보유하고 있습니다. 만약 분식 회계를 통해 다른 생각을 한다면 MS는 치명적인 위험에 처할 수 있다는 걸 미리 말씀드립니다."

"왜 그런 말씀을 하십니까. 우리의 협약은 이미 계약서가 작성되었고 공중까지 받은 상탠데 그런 짓을 할 수 있나요? 절대 그런 일은 없을 겁니다."

빌 게이츠는 쓴웃음을 지으며 대답했다.

펄쩍 뛰었으나 그 쓴웃음 속에서는 여러 가지 감정이 담겨 있는 것 같았다.

그 모습을 보면서 최강철도 비슷한 웃음을 흘려냈다.

그래야 할 거야. 만약 한 푼이라도 삥땅을 치다가 걸리면 너는 지옥이 어떻게 생겼는지 구경하게 될 테니 말이다.

최강철의 지시를 받은 보삭은 인터넷과 프로그램 전문가들을 대거 스카우트했는데 그 숫자가 30명에 달했다.

대부분 유수한 대학을 졸업하고 관련 분야에서 종사하던 그들은 보삭의 파격적인 제안과 신기술에 대한 연구 의지를 피력했기에 신생 회사인 호리즌과 엠파이어에 적극적으로 가담했다.

최강철이 작성한 자료는 1급 대외비로 취급되었고 연구 참여자들은 기밀 누설 시의 처벌에 관한 보안 각서까지 작성함으로서 연구의 비밀 유지를 극대화했다.

전문가들은 최강철의 자료를 보면서 경악을 금치 못했다.

본격적인 인터넷 시대를 대비해서 준비해 놓은 최강철의 아이디어는 그들로서는 상상조차 하지 못했던 획기적인 기술들이었기 때문이다.

최강철은 호리즌의 신임 사장 브리티니 홀과 엠파이어의 사장 샘슨을 만난 후 미국의 공식 일정을 마쳤다.

다른 인물들은 몰라도 CEO들에게만큼은 정체를 밝히고 이 제국의 실질적인 주인이 자신임을 알려주었다.

그들은 장차 그의 제국을 이끌어 나갈 최측근 참모들이었으니 상하 관계를 명확하게 해둘 필요가 있었다.

한국과는 사정이 다르다.

마이다스 CKC 한국 지부장 신용석에게 자신의 정체를 아직 밝혀주지 않은 이유는 그가 한국에서 벌일 일들이 그만큼 민감했고 위험했기 때문이다.

물론 신용석은 믿을 만했지만 자신의 오른팔로 만들기에는 아직 시간이 필요했다.

짧았지만 너무나 행복한 시간이었다.

사랑하는 사람과 보낸 보름간의 일정은 꿈결처럼 아름다웠고 엔도전을 치르면서 지쳤던 마음을 치유하기에 충분할 정도로 평화로웠다.

미안했다.

일본에서 시합을 했기 때문에 짧은 시간밖에 같이할 수 없어 서지영은 최강철의 곁을 잠시도 떨어지지 않으려 했다.

그 마음을 알기에 더욱 미안했다.

그녀의 나이 스물일곱.

이미 그녀의 친구인 클로이는 오랫동안 사귀었던 남자 친구와 결혼을 해서 가정을 꾸렸고, 수잔 역시 2달 후면 결혼하는 것으로 계획되어 있었다.

하지만 그는 아직까지 그녀에게 프러포즈를 하지 않았다.

막내 누나가 결혼을 하지 않았고 자신이 졸업하기 전까지는 아직 시간이 남아 있었다.

그게 무슨 상관이냐고 말할 수 있겠으나 최강철은 그 시간에 대해 부담을 가졌다.

사람의 행동에는 책임이 따르고 그녀를 책임질 수 있는 환경이 되었을 때 그녀를 데려오고 싶었다.

"지영 씨, 잘 있어."

"잘 가."

손을 흔드는 그녀의 표정에서 절절한 아쉬움과 슬픔이 묻어 나왔으나 눈물은 보이지 않았다.

하지만 그는 안다.

돌아가는 길에서, 아무도 보지 않는 곳에서 그녀는 사랑하는 사람을 떠나보낸 아픔을 참지 못하고 결국 눈물을 흘리며 아파할 것이다.

*   *   *

김도환에게서 전화가 온 것은 한국으로 돌아와 5일이 지났을 때였다.

그의 목소리는 꽤나 흥분에 차 있었는데 즉시 만나자는 연락이었다.

약속 장소는 종로에 있는 '제우스' 사무실이었다.

김도환은 최강철과 상의해서 정보 보안 회사의 이름을 '제우스'로 짓고 종로에 사무실을 마련한 상태였다.

최강철이 들어서자 김도환이 급히 자리에서 일어났는데 옆에는 검은 얼굴의 사내가 앉아 있었다.

"형님, 그동안 잘 계셨죠. 사무실이 제법 근사하군요."

"강철아, 찾았다."

"그분 말입니까?"

"그래, 그 전에 먼저 이 사람부터 소개하자. 이름은 정철호, 앞으로 보안 쪽을 이끌어 나갈 사람이야. 너한테 보여주고 허락을 받아야 될 것 같아서 불렀다."

"안녕하십니까. 정철호라고 합니다."

손을 내미는 그의 손을 잡으며 시선을 확인했다.

복싱을 하면서 수많은 강자와 싸워왔으나 그의 시선을 받자 자신도 모르게 몸이 움찔거렸다.

다르다. 일반인과는 다른 특별함이 담겨 있는 시선.

그것은 사람을 죽여본 자에게서만 나타나는 살기, 그리고 그가 지니고 있는 기세가 시선에 함께 담겨 있었다.

"평범한 분이 아니군요. 무슨 일을 하셨습니까?"

"저는 UDT에서 오랫동안 활동하다가 최근 3년 동안은 해병대 특수 수색대원들을 가르쳤습니다."

"무서운 일을 하셨군요."

"남들이 하지 않았던 일들이었죠."

"무슨 일을 하실 수 있습니까?"

"뭐든 시켜만 주시면 다 할 수 있습니다. 저는 군에서 요인 암살, 폭파, 정보 수집, 경호 등 뭐든지 다 했습니다."

"일을 그만둔 이유는 뭐죠?"

"아내가 아픕니다. 그래서 제가 옆에 있어야 했습니다."

"나이는 어떻게 됩니까?"

"서른일곱입니다."

"좋군요. 형님, 저는 이분이 마음에 듭니다."

최강철이 흡족한 표정을 짓자 김도환이 그럴 줄 알았다는 듯 활짝 웃었다.

그때 정철호가 최강철을 향해 정중하게 고개를 숙였다.

"기회를 줘서 고맙습니다. 충성을 다해 회장님을 모시겠습니다."

"역시 군인 출신이라 그런가, 상하 관계가 분명하시군요. 하지만 나에게 그럴 필요는 없습니다. 나는 충성보다 의리를 원합니다. 그리고 부하를 원하는 게 아니라 평생을 같이할 친구를 원합니다. 그러니 정 실장님, 앞으로 나를 그렇게 대해주시면 고맙겠습니다."

"알겠습니다."

최강철의 말에 정철호는 다시 한번 고개를 깊이 숙인 후 더 이상 입을 열지 않았다.

자신의 소개와 인사가 끝났으니 이제 김도환이 용건을 말할 시간이었다.

김도환이 나선 것은 그가 뒤로 완전히 물러나 대화에서 빠졌을 때였다.

"그녀는 지금 우리 집에 있어. 경찰이 그녀를 쫓아다녀서 그동안 절에 숨어 있었다는군. 그 개새끼들이 무고죄로 고발했단다."

"어떻게 찾으셨습니까?"

"경찰은 그녀를 해치기 위해 찾은 거지만 나는 돕기 위해 찾았던 거잖아. 누군가를 돕기 위한 사람에게는 많은 정보가 들어오는 법이다."

"잘하셨습니다."

"그런데 이젠 어쩌지?"

"어쩌긴요. 그녀를 '제우스' 직원으로 채용하세요. 그리고 최고의 변호사를 붙여서 정식으로 대처하는 게 좋겠습니다. 언제까지 숨어 다닐 수는 없잖습니까."

"정공으로 맞서자는 뜻이구만. 하지만 쉽지는 않을 거야. 그 새끼들 힘이 워낙 세서 불리해."

"요정에 있던 여자들이 증인이잖습니까. 그 여자들을 확보하세요. 그놈들이 미리 손써놨겠지만 우리 쪽에서 접근하면 돌아설 겁니다. 돈이면 돈, 협박을 한 것이라면 형님이 그것을 무너뜨리세요."

"경찰이 자연 씨를 구속할 수도 있어."

"그러니까 최고의 변호사를 대야 합니다. 검찰 쪽에 영향력이 큰 변호사를 선임하시고 구속만 되지 않도록 막으세요. 그

런 후 형님이 그놈들의 약점을 캐내셔야지요. 단칼에 목을 벨
수 있도록 최대한 빨리."

"이제 조직이 서서히 갖춰지고 있으니까 금방 조질 수 있어.
조금만 기다리면 돼."

"서두르셔야 됩니다."

"알았어, 그런데 만나볼 테냐?"

"당연히 만나야죠."

황자연은 예전 모습을 찾아볼 수 없을 정도로 수척하게 변
해 있었다.

4개월 가깝게 절에 숨어 지내다 보니 힘겨운 나날의 연속
이었다.

어느 날, 불쑥 낯선 사내가 나타났을 때 경찰이라 생각하며
자포자기의 심정으로 고개를 떨어뜨렸다.

차라리 경찰이 낫다.

권력자들이 자신의 결정적인 증언을 막기 위해 목숨을 노
릴지 모른다는 불안감 때문에 제대로 잠조차 자지 못했으니
차라리 경찰에 체포되는 게 다행이란 생각이 들었다.

그러나 나타난 사람은 경찰이 아니었고 그녀를 돕기 위해
왔다며 집으로 데려갔다.

서울로 돌아와 그의 집에서 보낸 시간은 빠르게 지나갔다.

절에서는 그토록 지겨웠던 시간이 이곳에 있자 무섭게 빨리 흘러가는 것 같았다.

문 밖에서 초인종이 울리며 주인 언니가 뛰어나가는 소리가 들렸다.

그녀는 이틀 동안 자신을 친동생처럼 돌봐줬는데 조금이라도 불편하지 않도록 신경을 써주었다.

긴장으로 인해 귀가 쫑긋 세워졌다.

오랜 시간 동안 쫓기다 보니 조그만 소리에도 깜짝깜짝 놀라는 버릇이 생겼다.

그때 김도환의 목소리가 방문 밖에서 들려왔다.

"자연 씨, 잠깐 나와보세요. 자연 씨를 만나기 위해 온 사람이 있어요."

나를 만나기 위한 사람?

그 소리를 듣자 단박에 윤미영의 얼굴이 떠올랐다.

자신이 절에 있다는 것을 아는 건 윤미영이 유일했고 김도환을 보낸 것도 그녀였으니 자연스럽게 머릿속에서 그녀의 얼굴이 떠올랐다.

총대는 자신이 멨지만 그녀 역시 많은 고생을 했을 것이다.

김도환에게 들은 바로는 경찰서에 여러 번 끌려갔는데 분명 일본 의원 옆에 앉아 있었다는 증언을 했지만 믿어주지 않았다고 들었다.

방문을 열고 나갔을 때 보인 건 여자가 아니라 남자였다.

그녀가 너무나 잘 알고 있는 남자, 바로 최강철이었다.

그의 얼굴을 보자마자 그동안의 설움이 터지며 바보처럼 눈물이 흘러내리기 시작했다.

일면식도 없는 그를 위해 그녀가 위험을 뻔히 알면서 방송국에 전화를 한 건 최강철의 팬이기도 했지만 일본 놈들에게 대한민국의 영웅이 매장되는 현실을 도저히 받아들일 수 없었기 때문이다.

비록 몸은 화류계에 머물고 있었으나 그녀는 대한민국의 국민이었고 누구보다 대한민국을 사랑했기에 매국노들의 행동을 그냥 두고 볼 수 없었던 것이다.

"저는 최강철입니다. 도움에 감사드리고 싶었는데 이제야 만나게 되었군요."

"흐윽······."

"그동안 고생 많으셨다고 들었습니다. 하지만 이제부터는 그런 고생 하지 않으셔도 될 거예요."

"정말인가요?"

"그럼요, 그러니 이제 짐부터 싸세요. 자연 씨 명의로 서초동에 아파트를 사두었으니까 이제부터 거기서 지내세요. 그리고 회사에 자리를 마련해 두었습니다. 며칠 쉬신 다음에 거기로 출근하세요. 경찰은 신경 쓰지 않으셔도 될 거예요. 우리나라 최고의 변호사에게 의뢰를 해놨으니 그분이 자연 씨의 무죄를 밝혀줄 겁니다."

"저는… 저는……."

황자연이 제대로 말을 하지 못하고 울먹이자 최강철이 슬며시 다가와 그녀의 손을 잡았다.

"황자연 씨, 당신의 도움을 저는 죽을 때까지 잊지 않을 겁니다. 그러니 지금부터는 저를 믿고 편하게 사세요."

최강철은 미국에서 돌아와 학교를 다니며 조용하게 시간을 보냈다.

하지만 외형으로만 조용했지 수면 밑에서는 빠르게 움직이고 있었다.

이번 일을 겪으면서 잘못된 권력의 힘이 얼마나 큰지 경험했으니 그에 대한 대비가 필요했다.

이제 조금 후면 군사독재의 잔재가 청산되지만 한국 사회는 그 여파에서 벗어나지 못한 채 끝없이 권력의 횡포에 시달릴 것이다.

거기에서 벗어나기 위해서는 자신 역시 그에 못지않은 힘을 가져야 한다는 생각이 들었다.

자본주의 사회에서 가장 큰 힘은 돈이지만 그에 못지않은 것이 인맥의 힘이었다.

돈은 얼마든지 벌 수 있다.

하지만 인맥을 만들어 나간다는 것은 발로 뛰지 않는 한 쉽지 않은 일이었다.

지금까지는 미래를 대비하기 위해 젊은 층을 공략했으나 최강철은 권력의 힘을 맛본 후 기득권의 힘이 필요하다는 걸 절실히 느꼈다.

그럼에도 얼마나 다행인가.

국민들이 영웅으로 치켜세우는 자신의 명성은 인맥을 쌓기에 더없이 좋은 명분과 구실을 만들어줄 수 있었다.

*   *   *

김도환은 '제우스'의 조직을 빠르게 정비해 나갔다.

그는 최강철의 말대로 정보와 보안 분야로 나누어 직원들을 충원했는데, 워낙 좋은 보수 조건과 복지를 약속했기 때문에 우수한 인재들이 몰려들었다.

정보 쪽은 모든 분야를 망라할 생각이었다.

최강철이 원하는 것은 일종의 싱크탱크였기 때문에 경제, 사회, 문화, 정치는 물론이고 각 분야의 베테랑들을 끌어들였다.

보안 쪽을 맡은 정철호도 군에서 제대한 최정예 요원들을 스카우트했는데 전부 특수부대 쪽에서 최고라 칭했던 사람들이었다.

이것도 인맥이다.

김도환과 정철호는 자신과 '제우스'로 영입된 사람들을 통해 뛰어난 인재들을 계속 영입했기 때문에 금방 조직을 확충할 수 있었다.

물론 그 배경에는 최강철이 보유한 막대한 자금이 지원되었기에 가능한 일이었다.

김도환이 가장 먼저 움직인 것은 유기춘과 검찰총장의 뒤에 누가 있는지를 캐내는 것과 요정에서 만났다는 일본 요시다에 관한 모든 것을 알아내는 것이었다.

하지만 그것과 별개로 한 가지 일을 더 했으니, 국회의원을 비롯한 정치가들의 성향 분석이었다.

언론에서 알려진 일반적 자료를 바탕으로 하는 것이 아니라 철저한 추적 조사를 통해 개인의 사상과 배경, 심지어 부정 비리 여부와 여자 관계 등 사적인 움직임까지 전부 체크해서 깨끗한 인물들을 찾아내기 시작했다.

치명적인 결함을 가진 자들은 안 된다.

권력에 빌붙어 자신의 사익을 위해 탐욕을 부린 자들도 만날 이유가 없었다.

최강철이 원한 것은 오직 국가와 민족을 위해 더없이 깨끗한 마음으로 봉사해 줄 사람들이었다.

*　　　　*　　　　*

"어서 와, 이제야 나타나다니 너무한 거 아닌가?"

"죄송합니다. 바쁘게 움직이다 보니 조금 늦었네요."

"도대체 뭐가 그렇게 바빠. 학생 주제에?"

"어디 제가 그냥 학생입니까. 오라는 데는 없어도 갈 데는 엄청 많은 사람입니다."

"푸하하… 설마 그럴 리야 있겠나, 자네는 반대로 말하는 재주가 있어. 얼굴 한번 보려고 줄 서 있는 사람들이 쌔고 쌨을 텐데 그렇게 말하면 내가 믿을 것 같아?"

"그렇긴 하죠."

신용석의 말에 최강철이 빙그레 웃었다.

대선배였지만 그는 격의 없이 최강철을 대했기 때문에 대화하기가 편했다.

"일단 앉아. 커피 타줄게."

"저는 조금 약하게 타주십시오. 윤 교수님이 맨날 쓰게 타주셔서 고생이 많았거든요."

"그분이 그렇긴 하지. 난 처음에 한 모금 마신 후 토할 뻔했어."

공통분모가 있다는 건 이렇게 편하다.

신용석은 윤문호 교수처럼 자신이 직접 커피를 타 왔다.

그는 사장이면서도 비서를 따로 두지 않았는데 필요가 없다는 게 이유였다.

벌써 마이다스 CKC의 인력은 30명이 넘고 있었다.

그는 최강철의 지시대로 주식 부분과 부동산 전문가들을 최고의 조건으로 스카우트해서 본격적으로 자금을 운용하는 중이었다.

"지금 보고를 들을 텐가?"

"아뇨, 오늘 제가 온 건 선배님과 낚시를 가고 싶어서입니다. 그래서 날짜를 잡으려고요."

"정말?"

뜻밖의 말을 듣자 신용석의 엉덩이가 한 자나 뛰어올랐다.

예전에는 낚시라면 사족을 못 쓸 정도로 좋아했는데 마이다스 한국 지부를 맡으면서 벌써 1년 가까이 손맛을 보지 못했기 때문이다.

더군다나 같이 가자는 사람이 국민들의 영웅 최강철이었다.

그랬기에 그는 입을 반쯤 벌린 채 좋아죽을 것 같은 표정을 지었다.

"이번 주 토요일에 어떠십니까?"

"나야 좋지."

"그럼 저는 그만 일어서겠습니다. 저는 없으니까 선배님이 낚시 도구는 챙겨오세요. 그리고 그때 회사 운영에 관한 것도 이야기를 나누는 것으로 하죠."

최강철의 마지막 말에 좋아서 입이 귀까지 올라갔던 신용석의 얼굴이 구겨졌다.

회사 운영에 관한 이야기를 듣겠다는 건 낚시터가 회사로 변한다는 걸 의미했기 때문이다.

하필이면, 왜?

오랜만에 낚시터에 가는 건데 잘못하면 그곳이 고문의 현장으로 변할지도 모르겠다.

최강철은 낚시를 좋아하지 않았다.

어린 시절 둘째 형을 따라 저수지에 낚시를 갔을 때 5시간 동안 한 마리도 못 잡은 이후로 낚시를 간 적이 없었다.

그럼에도 그가 신용석에게 낚시를 가자고 제안한 것은 그와 많은 이야기를 나누고 싶었기 때문이다.

신용석의 차를 타고 초당 저수지에 도착해서 찌에 미끼를 달아 던진 후 최강철은 흔들리는 물결을 바라보며 움직이지 않았다.

무슨 이야기를 할까 고민이 되었다.

미국을 다녀온 후 3개월 동안 그에게 나타나지 않은 채 '제우스를 통해 그의 동향을 감시했다.

잘못된 짓이란 걸 안다.

하지만 확신을 얻기 위해서는 필요한 일이기도 했다.

제우스의 보고와 10개월 동안 지켜본 신용석은 신뢰를 생명처럼 아는 사람이 분명했다.

그는 원칙을 철저히 지켰으며 회사를 운영함에 있어 개인적인 감정을 절대 개입시키지 않았다.

더군다나 거대 자금을 투입한 최강철에게도 하고 싶은 이야기는 주저 없이 꺼내는 배짱도 있었고 월급 이외에는 회사의 자금에 일 원 한 푼도 손을 대지 않았다.

그랬기에 오늘 날짜를 잡았다.

앞으로 벌여야 할 일에는 그의 도움이 절대적으로 필요했다.

"선배님, 회사 실적은 괜찮습니까?"

"일부터 하자고?"

"낚시가 좋은 게 이야기도 나누고 물고기도 잡는 거 아니겠습니까."

"흐음, 이 사람. 이제 보니 조용한 곳에서 고문하고 싶었던 모양이구만."

"실적이 안 좋으면 바로 옆이 물이니까 조심해야 될 겁니다."

"하하… 이런."

"어떤가요. 돈 좀 벌으셨습니까?"

"30억 챙겼어. 삼성전자는 별로 움직임이 없어 돈이 안 됐고 나머지 주식 투자에서 챙긴 거야. 그러기에 내가 뭐랬어. 삼성전자에 돈이 반이나 묵혀 있으니 수익률이 그렇잖아."

"그래도 제법 괜찮네요."

"부동산은 청담동에 12층짜리하고 서초동에 15층짜리를 구매했네. 여유 금액이 170억 정도 남았어. 그걸로 이제부터 규모가 큰 걸 잡을 생각이네."

"어딥니까?"

"테헤란로 쪽에 25층 건물이 매물로 나왔어. 일단 그걸 잡은 후 좋은 매물들이 있으면 계속 구매할 생각이야."

"그렇군요. 그건 알아서 하십시오."

"뭐가 이렇게 쉬워. 자네 보여주려고 투자 내역까지 들고 왔는데 그건 안 봐?"

"안 봐도 됩니다."

"나 잔뜩 긴장하고 왔단 말이야. 이렇게 쉽게 가면 버릇돼."

"하하… 선배님은 내가 정말 보고받을 생각에 이 자리를 만들었다고 생각하신 겁니까?"

"아냐?"

"아닙니다."

"그럼, 왜 낚시 가자고 그랬던 거야. 보니까 낚시도 못하는 것 같은데?"

"선배님한테 제 이야기를 들려 드리고 몇 가지 부탁할 게 있어서 그런 겁니다."

"이거 왜 이래. 그러니까 더 긴장되잖아."

"조금 놀랄 수도 있으니까 참으면서 들으세요……."

최강철이 천천히 이야기를 꺼내자 신용석은 장난스러움을 멈추고 물속에 잠겨 있는 찌를 바라보았다.

그러고는 아무런 말도 없이 그의 말에 귀를 기울였다.

최강철은 그에게 미국에서 벌였던 일들을 하나씩 설명해 주었다.

델 컴퓨터와 시스코, MS의 일까지. 그리고 주식 투자를 통해 거의 5억 달러의 자금까지 보유하고 있다는 사실을 말해주었다.

처음에는 무표정하게 듣던 신용석의 표정이 금방 죽을 것처럼 변하기 시작한 것은 델 컴퓨터에 투자를 했다는 순간부터였다.

그도 안다.

지금 무섭게 치고 올라가는 델 컴퓨터의 신화는 미국에서 화제가 된 지 오래였다.

믿기 힘든 일. 거기에 시스코라니.

5억 달러란 자금을 보유했다는 것도 믿기 힘든 일이었다.

그 정도의 돈을 가진 회사가 도대체 어디 있단 말인가.

한국 지부에 투입된 500억의 정체를 뒤늦게 알았다.

최강철이 파이트머니로 받은 돈을 분당 땅에 투자해서 얻은 수익이란 걸 알고 운이 좋은 놈이란 생각을 했다.

마이다스 CKC가 거대 자본을 가진 회사라는 말을 들었지만 실질적으로 최강철의 돈을 빼면 1,700만 달러에 불과했기에 그 정도의 현금 동원력을 가졌다고는 생각조차 하지 못했다.

더군다나 실질적인 주인이 최강철이니… 정말 말도 안 되는 일이었다.

"자네, 그럼 그때 왔던 서지영 씨는 누구란 말인가?"

"제 아내가 될 사람입니다."

"허어!"

이젠 입이 완전히 열린 채 닫히지 않았다.

어쩐지 그때도 두 사람이 어울린단 생각을 가졌다.

하지만 대규모 사모 펀드의 주인이 최강철과 사귈 거라고는 꿈에도 생각하지 못했기에 그저 그런가 보다 했는데 결혼까지 약속한 사이라니 자신의 두 눈을 파내고 싶은 심정이었다.

"자네가 내 보스였단 말이지?"

"그런 셈이죠."

"대가리에 쥐가 나는구만. 아우, 머리 아파!"

"오늘 선배님께 제가 이런 이야기를 해드린 것은 이제 본격적으로 일을 해야 하기 때문입니다."

"말해봐."

"저는 2개의 회사를 세우고 1개의 회사를 먹으려 합니다."

"무슨 말인지 자세하게 말해줘."

"2개의 회사는 방산 업체입니다. 하나는 미사일, 하나는 항공 관련 회사를 차릴 생각입니다. 그러니 선배님이 회사 설립을 준비해 주십시오."

"방산 업체는 조건이 까다로워. 허가를 받기 쉽지 않아."

"그러니까 철저히 준비해서 가야죠. 거기에 맞는 수석 연구원들은 마이다스 CKC 본사에서 움직일 겁니다. 선배님은 국내의 인재들을 스카우트해 주세요."

"미사일과 항공기는 강대국들이 기술 유출을 하지 않는 것으로 유명해. 언제 회사를 만들어서 언제 미사일과 항공기를 만든단 말인가?"

"당장 만들자는 건 아닙니다. 우리는 방산 업체에 등록하고 지속적인 연구 체계를 만들어서 천천히 나갈 겁니다. 무슨 뜻인지 아시죠?"

"도대체 무슨 생각을 가지고 있는 거야. 왜 네가 그런 짓을 해. 거기에 들어가는 돈은 천문학적일거야. 그건 미친 짓이라고!"

"미친 짓이 아닙니다. 우리나라는 위에 북한, 바다 건너 일본, 조금 떨어진 곳에 거대한 땅덩어리를 가진 중국의 위협에 시달리고 있어요. 누군가는 나서서 해야 할 일입니다."

"그러니까 그걸 왜 자네가 한단 말인가. 국가가 있잖아. 국가는 뭐 하고 자네가 그걸 해!"

"우리나라 정부는 그들의 눈치를 보느라 아무것도 못 해요. 제가 나서는 이유는 그것 때문입니다."

"미안하지만 자네가 보유하고 있는 돈 가지고도 쉽지 않은 일일세. 장기적인 플랜이라고 하지만 너무 많은 돈이 들어. 자칫 자넨 알거지가 될 수도 있단 말이야."

"그렇게 되지는 않을 겁니다. 지금 미사일과 항공기는 국방연구소가 주도하고 있어요. 방산 업체는 그들과 협업을 통해 연구와 제작을 하는 것이죠. 더군다나 방산 업체로 등록하면 국가에서 지원도 꽤 나와요. 우린 그 와중에 독자적인 개발 체제를 구축해 나갈 겁니다."

"이런……."

"그리고 저는 돈 버는 재주가 뛰어납니다. 그 정도 돈은 충분히 확보할 수 있으니 걱정하지 마세요."

최강철의 웃음에 신용석의 얼굴이 잔뜩 굳어졌다.

다시 말하지만 이건 미친 짓이다.

미사일과 항공기는 최첨단 무기에 해당되기 때문에 아직 대한민국은 개발 초기에서 헤매고 있는 중이었다.

최강철은 웃으며 말하고 있지만 국방 연구소와 별개로 독자적인 연구 쪽에 중점을 둘 게 분명했다.

하지만 그는 더 이상 최강철의 말에 반론을 꺼내지 않았다.

그의 시선에 담겨 있는 결의는 자신이 반대한다고 해서 꺾일 정도로 보이지 않았다.

더군다나 연구 쪽에서부터 시작한다면 당분간은 거대한 자금은 필요치 않을 것이기에 그는 신음을 길게 흘린 후 최강철을 향해 다음 질문을 던졌다.

"그건 그렇다 치고 기업을 하나 먹겠다고 했는데 그게 어디지?"

"삼성전자."

"허억! 그건 또 뭔 소리야?"

"저는 삼성전자를 먹을 생각입니다."

"왜?"

"삼성전자가 대한민국의 미래이기 때문입니다. 저는 삼성전자를 장악해서 한국의 미래를 주도할 생각입니다."

"이봐 강철이, 아니, 보스. 삼성전자는 이씨 일가가 완벽하게 장악하고 있어. 그 사람들은 자신들이 세운 기업들을 연결시켜 끈끈한 커넥션을 만들어놓았단 말일세. 일례로 삼성전자는 삼성생명과 물산, 이씨 일가의 지분까지 합치면 25%가

넘어. 삼성생명은 삼성물산과 이씨 일가가 50% 가까운 지분을 가지면서 회사의 경영권을 방어하는 식이지."

"알고 있습니다."

"그런데 그게 가능하다고 생각해?"

"지금 삼성전자의 주식 총액은 2조 7,000억 정도에 불과합니다. 여기서 저들이 가지고 있는 건 기껏 7,000억 남짓이에요."

"그래서?"

"우리는 15개의 투자 회사를 만들어 그들이 가지고 있는 금액보다 많은 지분을 사들일 겁니다."

"자네 정말 꿈이 크구만."

"충분히 가능합니다. 저에게는 엄청난 실탄이 있거든요."

"언제부터 할 생각인가?"

"지금은 맛보기예요. 우리나라 경제는 곧 폭탄을 얻어맞게 될 겁니다. 삼성전자의 주식은 분명히 95년을 기점으로 고꾸라집니다."

"자네가 그걸 어떻게 알아?"

신용석이 펄쩍 뛰며 물었으나 최강철은 그저 쓴웃음만 지었다.

왜 모르겠는가.

미친놈처럼 주식을 해보지도 않았으면서 삼성전자가 13만

원까지 치솟았던 95년, 가지고 있던 돈을 몽땅 투자를 했다가 500만 원이나 말아먹은 기억이 아직도 생생한데.

하지만 그 이야기를 해줄 수는 없는 것 아니겠는가.

"미국 마이다스 CKC의 분석입니다. 한국경제도 그쪽 팀이 체크하고 있거든요."

"음……."

"마이다스 본사에서 내년부터 본격적으로 돈이 들어올 테니 본격적인 투자는 그때부터 시작입니다."

최강철은 사색이 된 신용석을 보면서 웃음을 멈추지 않았다.

그는 당장에라도 쓰러질 것처럼 얼굴이 허옇게 변해 있었다.

사실이다. 그리고 자신도 있었다.

지금 그가 보유하고 있는 델 컴퓨터는 96년에 폭발되어 97년에 최고의 정점을 찍기 때문에 전부 처분할 생각이었다.

그때의 주가는 지금보다 10배 이상 신장될 것이기에 삼성전자를 쓸어먹고도 남는 자금을 확보할 수 있었다.

그것뿐만 아니다.

시스코와 MS에서 들어오는 이익분, 그리고 가파르게 상승하고 있는 미국 주식 시장을 생각한다면 삼성전자 정도를 먹는 건 충분히 가능한 일이었다.

재벌이 재벌답지 못했을 때 사회의 정의는 땅바닥에 처박히고 불법과 부정이 판을 치게 된다.

삼성전자가 한국의 미래이기 때문에 장악하려 한다는 말은 수많은 이유 중 하나에 불과했다.

가장 큰 이유는 바로 대한민국의 사회 정의를 세우는 것이었다.

재벌의 불법 증여와 차명 계좌를 통한 비자금 조성, 그리고 정경유착의 고리를 완벽하게 끊어놓는 것이 삼성전자를 장악하려는 진짜 이유였다.

미사일과 항공기에 대한 투자 계획도 비슷한 이유였다.

천문학적인 돈이 들어가도 좋다.

강대국들이 부러워할 정도의 미사일과 전투기를 만들어낼 수만 있다면 얼마를 쏟아부어도 해볼 작정이었다.

앞으로 돈을 벌 기회는 수없이 많았다.

97년에 터지는 IMF, IT 열풍, 미국의 금융 위기 등을 잘만 활용하면 엄청난 실탄을 만들어낼 수 있을 것이다.

더군다나 호리즌과 엠파이어가 본격적인 궤도에 오르고 MS 쪽에서 천문학적인 돈이 쏟아지기 시작하면 그가 생각하고 있는 일들을 이뤄내는 건 절대 불가능하지 않다.

수많은 난관이 닥치겠지.

당장 한국 정부의 규제가 따를 것이고 한반도를 둘러싼 강대국들의 압박과 방해에 시달리게 될 게 분명하다.

그러나 그래도 한다.

어떤 난관이라도 뚫어가며 마지막 순간까지 부딪혀 볼 생각
이다.

다른 나라에 큰소리 뺑뺑 쳐가며 마음껏 국가를 운영하는
그런 나라, 그런 대한민국을 나는 원한다.

*   *   *

정말 바쁜 시간들의 연속이었다.

그동안 기획하고 있던 것들을 실행에 옮기자 몸이 열두 개
라도 부족할 만큼 바쁜 나날을 보냈다.

수업에 최선을 다했으나 빠지는 시간이 늘어났고 시험도 소
홀히 할 수밖에 없었다.

기말고사는 시합 때문에 아예 시험을 보지 않아 평균 C학
점을 받았으나 연말고사에서는 평균 B플러스의 성적을 받았
다.

김철중 일당의 도움과 비상한 머리가 조화되었기에 가능한
일이었다.

다행이다.

처음 서울대에 입학했을 때와 마음가짐의 변화가 컸지만 학

적에 쌍권총을 남기고 싶지는 않았다.

엔도전을 끝내고 최강철이 바쁘게 움직이는 동안 돈 킹은 WBC 챔피언 허니건 측과 계속해서 협상을 진행해 나갔다.

그러나 허니건 측은 부상에서 완쾌되었으나 컨디션을 회복하지 못했으니 한 차례의 방어전을 치른 후 시합을 하자는 역제안을 해왔다.

컨디션을 최고조로 끌어 올린 후 최강철과 싸우겠다는 전략이었다.

돈 킹은 최강철의 동의를 얻어 그들의 제안을 받아들였다.

원칙적인 합의다.

단순히 시합을 한다는 데만 협의를 했기 때문에 날짜나 장소, 대전료 등의 주요 세부 내용은 아예 거론조차 되지 않았다.

그럼에도 돈 킹이 그 사실을 발표하자 전 세계 언론이 난리가 났다.

언제 어디서 하느냐가 중요한 것이 아니라 웰터급 최강자 간 꿈의 대결이 드디어 성사되었다는 것 자체가 중요했다.

한 차례의 방어전을 치른 후란 전제 조건은 참으로 재밌는 말이었다.

시간을 끌어 실전 감각을 다시 원상태로 회복하고 상대에 대한 준비 기간을 완벽하게 갖겠다는 허니건의 전략은 충분히 타당했다.

전 세계 복싱 전문가들은 둘 간의 대결을 5 대 5로 분석하며 팽팽한 경기가 진행될 것이라 예측했다.

허니건은 WBC를 휩쓸고 있는 극강의 챔피언이었고 최강철은 말할 필요조차 없는 강자였으니 전문가들은 이 경기를 두고 20세기 웰터급 역사상 최고의 대결이라 불렀다.

예상대로 허니건은 4개월 후 WBC 랭킹 9위에 올라 있는 약체 산체스를 상대로 방어전을 치르겠다는 계획을 발표했다.

무서운 기세로 치고 올라오는 10위 멕시코의 미구엘과 상대하는 것보다 산체스가 훨씬 쉬울 거란 판단이었다.

약체와 시합을 해서 컨디션을 완벽하게 회복한 후 최강철을 때려잡겠다는 심산이었다.

돈 킹이 부랴부랴 뛰어다니기 시작한 것은 최강철 역시 그와 비슷한 시기에 방어전을 치러야 하기 때문이었다.

이미 엔도와 경기를 치른 지 4개월이 지났기에 실전 감각을 회복하기 위해서라도 통합 타이틀 시합전에 방어전을 치를 필요가 있었다.

돈 킹이 선택한 것도 허니건 측의 선택과 다를 바가 없었다.

중요한 경기를 앞두고 굳이 강자를 상대로 방어전을 치를 필요가 없었기에 그는 랭킹 10위로 밀려난 영국의 프랭크 홀던을 시합 상대로 선정했다.

프랭크 홀던은 한때 웰터급을 풍미하며 랭킹 1위에까지 올랐으나 전성기가 지나면서 최근 들어 급격하게 랭킹이 추락한 선수였다.

최강철의 방어전이 결정되자 엔도전으로 후끈 달아올랐던 대한민국이 또다시 열풍 속으로 빠져들었다.

상대가 누구라도 상관없다.

오직 영웅인 최강철이 링에 선다는 것만으로도 국민들의 가슴은 뜨거워졌다.

          *   *   *

"변호사 개업하셨다면서요?"

"먹고는 살아야 되지 않겠습니까."

유기춘의 질문에 전 검찰총장 정용범이 쓰게 웃으며 대답을 했다.

하지만 그의 얼굴에는 억울함이 고스란히 담겨 있었다.

같이 움직였는데 당한 건 자신뿐이었으니 눈앞에서 걱정하듯 물어오는 유기춘의 얼굴이 더없이 얄밉게 보였다.

그러고 보면 온갖 풍상에도 꿋꿋하게 버텨 나가는 정치인이 자신처럼 공직에서 일했던 사람보다 훨씬 파워가 크다.

이자들은 웬만한 비리에도 눈 하나 꿈쩍하지 않고 오리발을 내밀기 때문에 검찰에서는 수사하기가 극히 난해했다.

더군다나 면책특권을 가졌고 제 식구 감싸기에 혈안이 되어 있는 집권당 소속이었으니 자신 혼자 독박을 쓴 건 당연한 일일지도 모른다.

그럼에도 유기춘을 볼 때마다 속에서 천불이 올라오는 건 막을 수가 없었다.

"용건부터 말합시다. 급하니까."

"일단 술부터 한잔하시죠. 우린 동지 아닙니까."

유기춘이 정용범의 기분을 안다는 듯이 잔을 내밀며 사케를 따랐다.

병부터 다르다.

강남에 있는 고급 일식집 '긴자'는 음식값이 비싸기로 유명했는데, 유기춘이 시켜놓은 건 그도 잘 알고 있는 사케의 요코즈나, '고시노칸바이'에서 한정적으로 생산한 것이다.

잔을 부딪치고 술을 단숨에 마신 후 연이어 두 잔을 더 비웠다.

정용범이 입을 연 것은 유기춘이 싱싱한 회를 간장에 찍어 입으로 가져갈 때였다.

"그년이 변호사를 선임했는데 어젯밤에 들어온 정보에 따르면 변호사가 문제홍이라고 하더군요."

"문제홍이라고요? 정말입니까!"

유기춘이 깜짝 놀란 얼굴로 되물었다.

문제홍은 눈앞에 있는 정용범보다 사시 2기 선배로 검찰총
장을 연임했으며 지금은 법무법인 '정의'의 수석 변호사로 근
무하고 있는 거물이기 때문이었다.

"도망 다니던 년이 갑자기 튀어나온 것도 이상한데 문제홍
을 선임했어요. 뭔가 이상하지 않습니까?"

"제가 그 계집의 계좌를 추적해 봤더니 며칠 전 갑자기 상
당 금액의 현금이 입금되었더군요. 누군가 뒤에 있는 것 같습
니다."

정용범의 대답에 유기춘의 얼굴이 심각하게 변했다.

대학에서 법을 전공했기 때문에 누구보다 법을 잘 알았고
약자에게 법이란 존재가 얼마나 무서운 것인지 잘 알기에 무
고죄로 그녀를 고발하는 데 동의했다.

화류계에서 일했던 그녀로서는 변호사를 선임할 비용도 없
을 것이고 그녀를 맡을 변호사 자체도 구하기 힘들 것이란 판
단을 내렸던 것이다.

눈치가 빠끔한 변호사들이 그녀를 위해 변호할 리는 만무
했으니 무고죄로 그녀를 고발하는 것은 최선의 선택이었다.

예상대로 그녀는 도피를 해버렸다.

권력에 대한 두려움과 자신들을 상대로 싸우는 것이 얼마나 어리석은지 잘 알기 때문이었다.

그랬기에 시간을 보내며 상황이 정리되기를 기다렸다.

냄비처럼 뜨겁게 달아올랐다 식어버리는 한국 국민의 특성상 자신들의 죄를 증명할 방법이 없는 한 쉽게 가라앉을 것이라 예상했던 것이다.

다행스럽게 최강철이 타이틀 방어에 성공하면서 국민들의 시위는 거짓말처럼 멈췄다.

일부 언론과 대학생들이 떠들고 있으나 조금만 더 시간이 지나면 언제 그랬냐는 듯 수그러들 테니 이제 이 일은 마무리된 것이나 다름이 없다고 생각했다.

그런데 그녀가 불쑥 나타나서 경찰에 자진 출두 했다는 소식이 이틀 전에 들려왔다.

그 소식을 듣는 순간 불안감보다 분노가 치솟았다.

이 개 같은 년이.

몸이나 파는 주제에 겁 없이 나서는 바람에 곤욕을 치를 걸 생각하면 찢어죽이고 싶은 심정이었다.

그런데 그녀의 뒤에 누가 있다는 말을 듣자 얼굴이 무섭게 굳어졌다.

야당 놈들이 나선 것일까, 아니면 누가?

"의원님, 어쩌면 좋겠습니까?"

"총장님 생각부터 말해보세요."

"다른 놈이라면 몰라도 문제홍이라면 이야기가 다릅니다. 문제홍은 자신이 없으면 붙을 사람이 아니에요. 더군다나 검찰 쪽에서 존경을 받았던 사람이라 영향력도 커요. 뒤에서 움직이는 손이 있다면 큰코다칠 수 있어요."

"그래서?"

"이 사건은 우리에게 무조건 불리합니다. 이슈로 올라오면 다치는 건 우리뿐입니다. 그러니 차라리 고발을 취소합시다. 고발을 취소하면 일이 깨끗하게 끝날 수 있어요."

"그렇게 되면 언론이 들고 일어나지 않겠어요? 놈들은 우리가 뭔가를 두려워한다고 생각할 수도 있을 거요."

"어차피 싹을 지워야 합니다. 의원님이 알고 있는 것처럼 그중에서 일본말을 알아들은 건 윤미영뿐이었으니까요. 나머지는 그저 우리를 본 것뿐이죠. 전화를 했던 황자연은 아무것도 아니란 뜻입니다."

"죽이자는 말이요?"

"황자연이 도주하는 바람에 그냥 내버려 뒀지만 그년은 우리에게 고름과 같은 존재입니다. 의원님이 가지고 계신 비선 조직을 이용해서 그녀를 처리해 주십시오. 고발은 취소하고 그 계집만 처리하면 이 일은 깨끗하게 정리될 수 있습니다."

"나한테 책임을 지란 말이군. 당신은 이미 한 번 졌으니까?"

"아니면 같이 죽든가요. 의원님은 자리에 계속 계시지만 저는 총수 자리에서 내려왔으니 이번에는 나서주시는 게 도리죠. 일이 늦어 사라졌던 계집이 나타난다면 일이 골치 아프게 변합니다. 아시죠?"

"음……."

윤미영은 자신으로 인해 세상이 발칵 뒤집히자 요정 '월영'을 그만두고 한참 동안 몸을 숨겼다.

불안했기 때문이다.

방송국에 전화를 한 것은 황자연이었으나 그들과 함께 자리에 앉아 있던 건 그녀였기 때문에 일이 벌어지자 집으로 들어가지 못했는데 같이 지내던 친구에게 전화하자 낯선 사내들이 여러 번 찾아왔다고 한다.

그랬기에 전국을 돌며 여행을 하다가 3달 만에 서울로 돌아와 월셋집을 옮겼다.

월세는 거주자만 신고하지 않으면 흔적이 남지 않기 때문에 찾아내기 힘든 장점이 있었다.

그럼에도 새로 집에 들어간 지 얼마 지나지 않았을 때 낯선 사람이 찾아와 황자연의 행방을 물었다.

그는 자신이 황자연을 돕기 위해 온 사람이라며 최강철과 함께 일한다고 말했다.

처음에는 모른다며 완강하게 버텼다.

그러자 그가 주머니 속에서 최강철과 함께 찍은 사진을 보여주었다.

활짝 웃는 두 사람의 모습에서 상당한 친분이 느껴졌다.

고민 끝에 황자연이 숨어 있는 절을 알려줬다.

그의 얼굴에서 나타난 진심을 믿었다.

고생하고 있는 언니의 불행이 자신으로 인해 더 커지지 않기를 진심으로 기원하면서.

*   *   *

윤미영은 며칠 전부터 강남에 있는 룸살롱 '화원'으로 출근했다.

워낙 예쁘고 몸매가 뛰어났기 때문에 '화원'의 마담은 그녀가 일을 하겠다고 하자 두 팔을 번쩍 치켜들며 환영을 했다.

다녀본 사람들은 알겠지만 고급 룸살롱은 화려한 네온사인을 달아놓지 않는다.

그럼 어떻게 하느냐?

바로 '화원'처럼 빌딩의 입구 한쪽에 작은 명패를 걸어놓는 경우가 대부분이다.

이런 고급 룸살롱은 대부분 예약제로 운영되고 있는데 사회에서 방귀깨나 뀌는 놈들이 드나드는 곳이었다.

"따분하구만. 안에 있는 애들은 연락이 없지?"

"예, 실장님."

"잘 살피라고 해. 실패하면 회장님한테 면목이 서지 않는다."

"이런 일에는 도가 튼 애들입니다. 걱정하지 마십시오."

"조금이라도 의심스러운 놈들이 있으면 바로 연락하라고 다시 전해."

"알겠습니다."

황대용이 정철호의 지시를 받고 즉시 무전기로 입을 가져다댔다.

그는 해병대 특수수색대 중사 출신으로 정철호에게 훈련을 받았는데 현재 '제우스' 보안실에서 근무하고 있었다.

현재 시각 11시 40분.

그녀가 출근한 지 벌써 3시간이 훌쩍 넘었기 때문에 따분함이 몰려왔으나 두 사람은 어둠 속에서 은닉한 채 상황 변화를 살피며 시간을 보냈다.

'화원' 안쪽에서는 두 명의 요원이 진을 치고 있었는데 손님으로 위장해서 윤미영과 함께하는 중이었다.

그녀를 보호하라는 지시는 최강철에게서 직접 내려온 것이었다.

첫 임무다. 그랬기에 더없이 긴장이 되었다.

'제우스'는 사람 죽이는 기술만 아는 그들에게 꿈의 직장이나 다름없는 곳이었다.

군에서 받던 월급보다 무려 3배의 월급을 받았으니 최강철이 죽으라면 죽는 시늉까지 해야 할 판이었다.

검은 차량이 대로를 달려와 갓길에 선 것은 황대용이 따분한지 하품을 할 때였다.

차에서 한 명의 사내가 내렸다.

둘은 차에 남았고 하나만 내려서 '화원'으로 들어가는 것이 보였다.

"연락해."

"예, 실장님."

황대용이 급하게 사내가 들어가는 것을 알리자 반대쪽에서 긴장한 목소리가 들려왔다.

윤미영이 일을 끝내고 나온 것은 그로부터 정확히 20분이 지났을 때였다.

안쪽의 요원들은 술에 취한 것처럼 그녀의 뒤에서 떠들썩한 모습으로 따르는 중이었다.

들어왔던 놈이 이상한 짓을 하지 못하도록 견제하기 위함이었다.

그녀는 핸드백만 달랑 멘 채 거리로 나와 택시를 잡았는데 사내들이 탄 검은 차량이 급히 따르는 게 보였다.

"가자!"

"오늘 오랜만에 몸 좀 풀겠는데요. 실장님이 보기에 저놈들이 뭐 하는 놈들인 것 같습니까?"

"뭐 하는 놈들이겠어. 기껏 킬러 흉내를 내는 잡범들이겠지."

놈들은 둘이 아니라 넷이었다.

미리 두 놈은 집 근처에서 기다리고 있었는데 택시가 떠나자마자 윤미영을 덮쳤다.

그사이에 얼굴을 가렸다.

정체가 노출되는 걸 이 어둠 속에서도 막고 싶었던 모양이다.

뒤늦게 차에서 내린 놈들이 가세하며 그녀의 입을 틀어막는 순간 차에서 내린 정철호의 입에서 묵직한 저음이 흘러나왔다.

"자스트 모먼!"

뚜벅뚜벅.

담배를 빼어 문 채 접근하는 그의 뒤로 황대용이 천천히 따랐다.

놈들은 낯선 자들이 나타나자 한 놈에게 윤미영을 맡긴 채

셋이 등을 돌리고 있었다.

"니들이 참견할 일 아니니까 가던 길 그냥 가라. 살고 싶으면 말이야."

맨 앞에 선 가죽점퍼가 등 쪽에서 칼을 꺼내며 슬쩍 앞으로 내밀었다.

전등에 비친 칼에서 푸른 기운이 흘러나왔다.

날카롭게 벼려졌다는 뜻이다.

"하아, 이 새끼들 그냥 갈 거면 우리가 뭐 하러 왔겠냐. 네가 대빵이야?"

"우리를 따라왔단 말이지."

가죽점퍼의 입에서 이상한 웃음이 흘러나왔다.

놈은 상대가 둘밖에 안 된다는 것 때문인지 아니면 자신의 실력을 믿었기 때문인지 아직 여유를 부리고 있었다.

하지만 그건 정철호가 누군지 몰랐기 때문에 가졌던 망상에 불과했다.

담배를 허공으로 던진 정철호의 몸이 그대로 공중으로 떠올랐다.

연속으로 터진 돌려차기.

그냥 돌려차기가 아니다. 공기를 찢어발기는 것처럼 무서운 파공성이 터지며 앞으로 나섰던 놈들이 짚단처럼 날아가 벽에 처박혔다.

정철호는 두 놈이 쓰러지는 것조차 확인하지 않고 그대로 가죽점퍼를 향해 불쑥 다가섰다.

이번에는 발길질이 아니라 주먹이었다.

실전 전투 기술.

가죽점퍼가 날카롭게 휘둘렀던 칼이 그의 손에 걸려 정지되는 순간 정철호의 손칼이 놈의 옆구리를 그대로 갈겼다.

단 한 방이다.

놈이 걸레처럼 정철호의 어깨에 걸친 것은 눈 깜짝할 사이에 움직인 수도 하나로 충분했다.

*   *   *

"입을 열었나요?"

"열었습니다. 지시를 한 건 유기춘이란 놈입니다."

간단하게 보고했지만 놈의 입을 열게 만드는 데 꼬박 3일이나 걸렸다.

정철호의 특기 중에는 포로에 대한 고문 기술도 있었는데 얼마나 독종인지 입을 열게 만드는 데 상당한 시간이 소요되었다. 외부로 전혀 상처가 남지 않게 만들려다 보니 그렇게 되었다.

작정하고 족쳤다면 놈은 1시간도 버티지 못했을 테지만 놈이 필요한 이상 그렇게 할 수는 없었다.

그의 보고를 받은 최강철이 가볍게 고개를 끄덕인 후 우측에 앉아 있던 김도환을 바라보았다.

"사장님, 돈 좀 써야 될 것 같죠?"

"아무래도 그래야 될 것 같습니다. 놈이 중요한 순간에 아가리를 닫으면 아무것도 안 되니까요."

김도환이 대답했다.

그는 이제 회사에서는 최강철에게 말을 올렸는데 먼저 모범을 보여 기강을 세우고 싶어 했기 때문이다.

그랬기에 최강철도 그에게 형님이란 호칭 대신 사장이란 표현을 썼다.

눈을 돌린 최강철이 이번에는 정철호에게 향했다.

"뭐 하는 사람들이던가요?"

"새롭게 세력을 넓혀가고 있는 천룡파 식구들이었습니다. 제가 잡아온 놈은 행동 대장 역할을 하던 놈이었고요."

"조폭이면 돈 가지고도 쉽지 않겠네요. 아무래도 천룡파 두목하고 면담하는 게 좋지 않을까요?"

"그렇지 않아도 그러려고 했습니다. 놈들은 그쪽에서 찍히면 죽는다고 생각하거든요."

"그건 정 실장님이 해결해 주시면 고맙겠습니다. 가능한가요?"

"다시 말씀드리지만 저희들한테 불가능한 일은 없습니다. 회장님께서 명령만 내리시면 염라대왕 수염도 뜯어 올 수 있으니 걱정하지 마십시오."

정철호가 웃음기 전혀 없는 얼굴로 말을 했다.

그게 오히려 더 믿음직스러웠다.

"그리고 사장님?"

"예, 말씀하십시오."

"다른 건 어떻게 되었습니까?"

"정용범에게는 숨겨놓은 여자가 있었습니다. 유기춘도 마찬가지였고요. 둘 다 30대 초반인데 아파트를 얻어서 살림을 따로 차렸더군요. 요새는 그놈들 사이에 그런 게 유행인 모양입니다. 열심히 운동하는 걸 예쁘게 사진까지 찍어놨으니 꼼짝 못 할 겁니다."

"다른 건요?"

"그들의 계좌를 추적해 보니 이상한 놈들에게서 정기적으로 거액이 입금되고 있었습니다. 그래서 다시 추적했더니 그 자들의 친척들이더군요. 문제는 그자들 통장에 다른 놈이 돈을 보내고 있었다는 겁니다."

"누구였죠?"

"일본 교포들이었습니다. 외형상으로는 일본에서 사업하는 놈들로 나오는데 아무래도 그놈들이 일본의 연락책인 것 같습니다."

"더 추적 조사 하세요. 완벽하게 훑어서 스토리를 만들면 될 것 같군요. 얼마나 걸릴 것 같습니까?"

"한 달이면 충분합니다."

"요시다는요?"

"그 자식은 일본의 정치 대부로 불리는 히데끼 계열입니다. 히데끼 계열은 70명에 달한다고 알려져 있는데 요시다는 심복 중의 심복입니다."

"뒤에서 움직이는 자가 히데끼라는 뜻이군요?"

"그럴 가능성이 큽니다. 히데끼는 극우주의자로 대표적인 반한 인사거든요. 우리가 조사한 바로는 그자에게 포섭된 놈들이 우리 국회만 따져도 10명이 넘는 것 같습니다."

"좋습니다. 그럼 언제 터뜨릴 생각이죠?"

"회장님이 미국으로 넘어간 다음에 움직이는 게 좋을 것 같습니다. 회장님이나 우리 쪽은 전혀 드러나지 않아야 되니까 그게 좋겠어요. 텔레비전을 비롯해서 신문과 잡지에도 뿌릴 생각입니다. 이 정도면 정부나 여당 쪽에서 막기 어려울 겁니다."

"증인이 있고, 살인미수에 불륜, 거기에 일본에서 받은 불법 정치 자금까지. 충분히 죽일 수 있겠군요."

"그럼요."

김도환이 빙그레 웃었다.

이제 언론에서는 이 건과 관련해서 정부의 눈치를 보기 어려울 것이다.

이건 관련해서 워낙 국민들의 분노가 컸었기 때문에 어영부영 넘어갔다가는 언론도 뭇매를 받을 가능성이 컸다.

터지면 이제 정부 여당도 놈들을 버려야 한다.

당사자인 유기춘과 정용범은 물론이고 의혹을 받은 놈들까지 전부 싸잡아서 죽여야 정부 여당이 살아남을 수 있기 때문이다.

대한민국에서 친일주의자들이란 게 드러났는데도 감싸고돈다면 국민 봉기가 일어날지도 모른다.

최강철의 입이 다시 열린 것은 그가 다음 보고 사항을 위해 서류를 넘길 때였다.

"그게 그겁니까?"

"예, 맞습니다."

"몇 명이나 되던가요?"

"일단 찾아낸 건 5명입니다. 4달 동안 대충 훑었는데도 여당은 물론이고 야당 의원들까지 대부분 나가떨어지더군요. 회장님이 찾는 인물들은 거의 보이지 않았습니다. 이게 나라를 이끌어가는 국회의원들이었다니 한심하기 짝이 없을 정도였습니다."

"패거리 정치 때문입니다. 패거리에 포함되지 않으면 살아남기 어려우니 소신을 가지고 정치하기가 쉽지 않죠."

"그나마 다행인 건 우리 기준에는 못 미쳤지만 제법 강단을 가진 자들이 여럿 보였다는 것입니다. 주로 거대 계열에 속해 있지 않은 중도 의원들인데 국가관이 뚜렷하고 소신도 제법 있는 자들입니다."

"몇 명이죠?"

"8명입니다."

"그들이 기준에서 미달된 이유는?"

"돈입니다. 그들 역시 사이드로 기업들에게 돈을 지원받고 있었습니다. 그들을 위해 힘을 쓴 흔적이 여러 군데서 발견되었습니다. 도움을 받은 만큼 돌려준 거죠."

"정치인한테 돈은 필수 불가결한 거니까 그건 우리가 해결하면 됩니다. 전부 합해 13명인가요?"

"그렇습니다."

"그럼 사장님은 그들에 대해 제가 돌아올 때까지 더 알아보세요. 앞으로 중요한 일을 해야 하는 사람들이니 철저하게 다시 검증해야 됩니다."

"알겠습니다."

＊   ＊   ＊

최강철이 프랭크 홀던과의 방어전을 위해 미국으로 넘어간 것은 시합 한 달 전이었다.

다른 때였다면 최소 두 달 전에 넘어갔겠지만 워낙 국내의 일이 바빴기 때문에 최대한 출국을 늦췄다.

그렇다고 훈련을 게을리했던 건 아니다.

근본은 철저히 지킨다.

지금의 이 순간은 그에게 명예였고 향후에 다가올 미래의 영광이었으니 언제나 최선을 다해 임했다.

최강철의 경기는 상대가 누구든 전 세계의 관심을 끌어모았다.

가슴을 뜨겁게 만들어 버리는 그의 경기 스타일에 매료되어 스스로 그의 팬이라 자처한 숫자가 셀 수조차 없이 많았기에 그의 경기가 잡히면 전 세계 언론이 초미의 관심을 보였다.

시저 팰리스호텔 특설 링이 다시 한번 화려한 불빛을 뿜어냈다.

그 속에서 최강철은 팬들의 환호를 받으며 링으로 올라섰다.

상대인 프랭크 홀던은 이미 링에 올라와 그를 기다리고 있었는데 얼굴이 잔뜩 굳어 가면을 쓴 것처럼 보였다.

때앵!

최강철은 공이 울리는 순간부터 접근전을 펼치며 다가섰다.

프랭크 홀던의 전적은 무려 70전에 달했고 최근 랭킹전에서 2번을 연거푸 졌기에 랭킹 10위로 떨어졌을 뿐 승률이 87%에 달할 정도로 뛰어난 선수였다.

70전 61승 9패.

두 번이나 세계 타이틀에 실패했으나 지금까지 꾸준히 랭킹에 머물며 호시탐탐 챔피언을 노리는 베테랑이었다.

하지만 최강철은 전혀 그를 두려워하지 않았다.

복서는 링에 마주선 순간 상대에 대한 기를 느낀다.

그는 36살이라는 나이를 감추지 못했는데 몸이 무겁게 느껴졌다.

그럼에도 최강철은 홀던을 압박하기만 했을 뿐 선불리 들어가지 않았다.

어떤 선수도 얕본 적이 없다.

더군다나 지금까지 1라운드에서 끝내겠다고 서두른 적이 없었다.

상대의 전략을 확인하고 승리에 대한 확신이 섰을 때 승부를 결정짓는 것이 그의 특기였다.

관중들은 그의 불꽃같은 인파이팅을 보면서 허리케인이라는 별명을 붙여주었으나 그의 복싱은 더없이 정교했고 신중했다.

최강철은 1라운드에서 보여주었던 프랭크 홀던의 반격을 보면서 고개를 끄덕였다.

베테랑답게 못 치는 펀치가 없었다.

특히 펀치를 내는 순간 날아오는 크로스 카운터는 자칫 방심하는 순간 커다란 대미지를 입을 만큼 강력한 것이었다.

그랬기에 최강철은 2라운드부터 거리를 확보한 상태에서 아웃복싱을 펼치며 프랭크 홀던의 체력을 깎아내리기 시작했다.

그의 아웃복싱은 압도적인 스피드로 전진과 후퇴를 반복했는데 홀던이 아예 압박을 포기할 정도로 빨랐다.

아웃복서에게 압박을 포기한다는 건 경기를 반이나 포기한 것과 다름없었다.

빠르게 펀치를 날려오는 적을 선 채로 맞이한다는 건 그만큼 위험한 짓이었다.

그럼에도 프랭크 홀던은 최강철의 작전에 대응하면서 끊임없이 크로스 카운터를 노리며 반격을 가해왔다.

웅… 우웅!

강력한 한 방.

프랭크 홀던이 노리고 있는 것은 자신이 가지고 있는 모든 기술을 동원해서 단숨에 최강철을 때려잡는 것뿐이었다.

일방적인 경기가 될 것이라 예상했으나 그의 펀치가 사정없이 최강철을 향해 날아갈 때마다 관중들은 놀라움을 금치 못했다.

노장의 투혼.

그는 챔피언에 대한 열망을 감추지 못하고 최선을 다해 최강철을 잡기 위해 노력했다.

그러나 그런 노력은 최강철의 펀치가 작렬할 때마다 빛이 바랬다.

무섭게 터지는 레프트 잽, 그리고 따라 들어오는 콤비 블로우.

마치 섬광이 터지는 것처럼 최강철의 펀치들은 홀던의 방어막을 뚫고 사정없이 그의 안면을 흔들어 놓았다.

라운드가 진행될수록 프랭크 홀던의 숨이 거칠어지기 시작했다.

복싱은 맞은 사람이 훨씬 더 빠르게 지친다.

뇌에서 전해지는 명령이 둔해지고 맞은 곳을 치유하기 위해 신체의 활동이 분산되면서 쓸데없는 곳에 체력을 쓰기 때문이다.

더군다나 최강철은 그가 쉬지 못하도록 끊임없이 움직이며 공략을 했기 때문에 제대로 숨을 쉬기도 어려울 정도였다.

최강철이 자신의 전매특허를 꺼내 들면서 다가서기 시작한 것은 5라운드 중반부터였다.

태풍이 몰아치는 것처럼 터지는 펀치들.

바로 허리케인이다.

프랭크 홀던이 지친 것을 확인한 최강철은 미사일 같은 펀치들을 쏟아부어 기어코 그를 코너에 주저앉혀 버렸다.

프랭크 홀던은 일어서지 않았다.

5라운드 중반부터 터지기 시작한 최강철의 펀치를 맞으며 그의 눈은 이미 체념으로 물들어가고 있었다.

욕심으로 인해 극복할 수 있는 인간이 아니라는 걸 알았기 때문이다.

경기 내내 느낀 최강철은 강철로 만들어진 벽처럼 느껴졌고 그의 펀치는 맞을 때마다 송곳에 찔린 것처럼 고통스러웠다.

누가 최강철의 펀치를 의심했단 말인가.

이런 펀치는 선수의 뇌를 마비시켜 단발로 KO를 거두는 둔중한 주먹보다 훨씬 더 무서운 것이었다.

*   *   *

최강철은 서지영과 메릴랜드주의 베데스다로 날아갔다.

서지영이 찾아낸 인재를 만나기 위함이었다.

그녀는 최강철의 부탁으로 항공 쪽과 미사일 쪽에 근무하고 있는 한국인들의 명단을 체크하고 1차적으로 4명의 인재를 선정했다.

지금 만나러 가는 사람은 그중에서 반드시 스카우트해야 한다며 섭외 1순위에 올려놓은 정일환 박사였다.

20살에 미국으로 유학 와서 MIT공대 전자공학부의 박사 과정까지 불과 8년 만에 해치운 그는 천재 중의 천재로 미국의 사이언스지뿐만 아니라 한국 방송에도 나왔을 만큼 유명한 사람이었다.

그는 현재 록히드마틴사의 선임 연구원으로 근무하고 있었는데 서지영이 2번이나 찾았으나 만나지 못했다고 한다.

"정 박사의 국적이 한국이야?"

"응, 내가 알아보니까 한국 국적은 죽어도 버릴 수 없다고 했다나 봐."

"그런데 어떻게 미국의 방산 업체에 들어갔지. 이쪽은 미국 국적이 아니면 받아주지 않는 것으로 유명한데?"

"그만큼 대단하니까. 정일환 박사의 논문이 스텔스 기능의 보완에 대한 것이었는데 엄청났대."

"지영 씨가 못 만났다며?"

"통화는 5번이나 했어. 그런데 만나지는 않겠다네. 만날 이유도 없고 만나서 할 이야기도 없다며 단호하게 끊었어."

"그럼 오늘은. 설마 허탕 치고 집에 가는 거 아냐?"

"그럴 리가요. 강철 씨가 만나고 싶어 한다니까 깜짝 놀랐어. 그래서 일단 간다고 하니까 아무 말도 안 하더라. 정 박사님이 나오는 건 이제 서방님 몫이에요."

"그것참, 안 나오면 어쩌지?"

"이따가 저녁까지 기다려야 해. 연구실에 있을 때는 전화 연결이 안 돼."

도착한 건 3시였는데 서지영의 말을 들은 후 저녁때까지 기다렸다가 집으로 전화를 걸었다.

최강철이 직접 전화를 걸었는데 신호가 10번이 넘게 울렸을 때 사내의 목소리가 흘러나왔다.

"안녕하세요. 저는 최강철입니다. 죄송하지만 정일환 박사님과 통화할 수 있을까요?"

─내가 정일환입니다……. 그런데 정말 당신이 최강철입니까?

"그렇습니다. 박사님, 지금 댁 앞에 와 있습니다. 잠시 들어갈 수 있게 해주십시오."

─우리 집 앞이라고요?

"오늘 꼭 박사님을 만나고 싶습니다. 무례인 줄 알지만 허락해 주셨으면 고맙겠습니다."

─음… 내가 나가겠습니다.

전화가 끊긴 후 잠시 기다리자 현관에서 불빛이 밝혀지며 남자의 모습이 보였다.

그는 대문 밖에 서 있는 최강철과 서지영의 모습을 한동안 바라보다 천천히 걸어왔는데 무척이나 긴장한 것 같았다.

결국 대문까지 걸어온 그의 시선이 최강철을 확인한 순간 급격하게 흔들렸다.

그런 후 그의 입에서 한숨이 길게 흘러나왔다.

"세상에… 진짜 허리케인이라니……."

정일환 박사는 그들을 한동안 바라보다가 집 안으로 들어오는 것을 허락했다.

그는 아직도 최강철이 자신을 찾아왔다는 게 믿어지지 않는 얼굴이었다.

그러나 그것은 가족들도 마찬가지였다.

정 박사의 아들들은 최강철을 보면서 기절할 것처럼 놀랐는데 얼마나 놀랐는지 처음에는 사인해 달라는 말조차 하지 못했다.

그들은 뒤늦게 사인을 받고 사진까지 찍은 후에야 펄쩍펄쩍 뛰면서 자신들의 방으로 돌아갔다.

"나는 아직도 이해가 되지 않습니다. 허리케인 같은 분이 저를 찾아온 이유가 뭔지 도무지 감이 잡히지 않는군요."

"제가 박사님을 만나고자 한 것은 저희 회사로 와달라는 부탁을 드리기 위해서입니다."

"그게 무슨 소리요?"

"우리 대한민국은 항공 분야 기술이 강대국들에 비해 초라할 정도로 미약한 상탭니다. 저는 박사님이 조국의 항공 기술 발전에 이바지할 수 있기를 간절히 바라고 있습니다."

"허리케인은 복싱 영웅입니다. 저 역시 당신을 무척 좋아하고 있어요. 하지만 이건 너무 엉뚱한 이야기군요. 제가 이분을 만나지 않으려 했던 건 혹시 제가 감당하지 못할 말을 듣게 될 것 같았기 때문이었습니다. 그런데 오히려 허리케인께서 그런 말을 하는군요."

"박사님이 한국 국적을 포기하지 않았다는 말을 들었습니다. 그 말을 들으며 저는 박사님께서 조국을 사랑한다는 뜻으로 해석했습니다."

"많은 기업이 나에게 그런 말을 했습니다. 그러나 나는 응하지 않았어요. 왜 그런지 아십니까?"

"듣겠습니다."

"저는 항공의 최첨단 분야 연구에 제 청춘과 남은 생을 바치겠다고 다짐한 사람입니다. 방금 말씀하신 것처럼 한국의 항공 기술은 낙후될 대로 낙후되어 있어요. 그건 제가 가서 할 일이 많지 않다는 뜻입니다. 반면에 이곳 록히드 마틴사에는 제가 아직도 배울 것들이 많아요. 그리고 제 연구를 완성시키기 위해서 이곳의 시설들과 논문들이 절대적으로 필요해요. 저는 한국을 사랑합니다. 하지만 제 연구를 포기할 순 없어요."

"그 연구… 제가 지원해 드리겠습니다. 박사님이 원하는 모든 것을 지원하겠습니다. 돈이 필요하다면 돈을, 장비가 필요하면 장비를 지원할 겁니다. 인력이 필요하면 말씀해 주세요. 무슨 수를 쓰든 준비하겠습니다."

"허리케인, 이건 개인이 할 수 있는 범위가 아니에요. 록히드 마틴사의 한해 연구 예산이 얼만지 아십니까?"

"모릅니다."

"금년에만 5,000만 달러가 넘었어요. 무슨 뜻인지 아시겠어요? 허리케인의 대전료 가지고는 도저히 감당할 수 없는 금액이란 말입니다."

"많군요."

"그러니까……."

"제가 대겠습니다."

"뭐라고요!"

최강철의 묵직한 대답에 정일환 박사의 목소리가 허공에 붕 떴다.

그는 아직도 최강철이 무슨 말을 했는지 이해하지 못한 듯 시선이 흔들리고 있었다.

"박사님, 연구에 필요한 돈은 제가 모두 대겠습니다. 그러니 한국으로 와주십시오."

"이봐요, 허리케인. 혹시 당신 한국 정부에서 보낸 겁니까?"

"아닙니다. 저는 박사님을 저희 회사에 모시기 위해 온 겁니다."

"도대체… 그 회사가 뭐 하는 회사요?"

"회사의 이름은 '비룡'입니다. 금년에 만들어진 신생 회사죠."

"허어……."

정일환 박사는 탄식을 숨기지 못했다.

록히드 마틴사에서도 그는 탑5에 포함되는 선임 연구원으로 귀중한 자원이었다.

그가 받는 연봉은 무려 20만 달러나 되었고 집은 물론 차까지 회사에서 지원되었다.

그런데 이제 막 새로 생긴 신생 회사에 오라니 정말 기가 막힐 노릇이었다.

그러나 최강철은 그런 정일환 박사의 반응을 보면서 천천히 자신의 구상에 대해서 이야기를 끌고 나갔다.

아무것도 없다. 하지만 하나씩 채워 나가 세계 최고의 기술을 보유하는 게 '비룡'의 꿈이다.

그 꿈을 위해 정일환 박사가 와달라는 것이었다.

그러면서 최강철은 정일환 박사에게 자신의 모든 것을 공개

했다.

자신이 가지고 있는 자금과 향후의 연구 계획, 시설 확충 등 그가 설명할 수 있는 모든 것을 가감 없이 늘어놓았다.

이야기가 진행될수록 정일환 박사의 입이 벌어졌다.

단순한 복싱 선수라고 생각했는데 막상 이야기를 들어보니 괴물도 이런 괴물이 없었다.

당장 가지고 있는 자산만 20억 달러에 달한다는 그의 말에 두 눈이 번들거렸다.

"박사님, 저는 개인의 영달을 위해서 박사님을 모셔가려는 게 아닙니다. 혼자 잘 먹고 잘살려고 마음먹었다면 저는 다른 졸부들처럼 약한 사람들 위에 군림하며 한평생 행복하게 살았을 겁니다. 하지만 저는 그러고 싶지 않았습니다. 박사님의 꿈이 항공 분야에서 업적을 쌓은 것이라면 저의 꿈은 대한민국이 다른 나라의 압박에서 벗어나 당당하게 살아가는 것입니다. 저는 죽을 때 아무것도 가져가지 않을 생각입니다. 제가 이루었던 모든 것을 대한민국 사회에 환원하고 홀가분하게 갈 겁니다. 박사님, 조국의 하늘이 그립지 않습니까. 가을의 그 푸른 하늘 말입니다. 제 꿈은 오직 그 푸른 하늘을 지키는 것뿐입니다."

"국가에 대한 충성심 때문이오?"

"아닙니다. 사랑 때문입니다."

"어떤 사랑?"

"그 땅에서 저를 사랑해 준, 그리고 나중에 남아 그 땅을 지킬 사람들에 대한 사랑입니다."

"당신은… 정말 별난 사람이군요."

"저는 링에서 한 번도 쓰러지지 않았습니다. 그렇기 때문에 미국 사람들은 저를 보고 토네이도 허리케인이라 부릅니다. 하지만 대한민국 국민들은 저를 보고 영웅이라고 부르더군요. 하지만 저는 영웅이 아닙니다. 그들이 오직 영웅을 갖고 싶기에 그렇게 불렀을 뿐입니다. 그럼에도 저는 그들을 위해, 저를 영웅으로 불러주는 그들을 위해 뭔가를 해야 된다고 생각했습니다. 박사님, 저를 도와주십시오. 대한민국의 푸른 하늘을 지켜주세요. 그 하늘을 지키지 못한다면 대한민국은 영원히 강대국의 그늘에서 벗어나지 못하게 됩니다. 이렇게 간절히 부탁드리겠습니다."

최강철은 말을 마치고 의자에서 일어나 정일환 박사의 앞에서 무릎을 꿇은 채 허리를 숙였다.

그의 몸에서 솟구치는 간절함은 보는 사람을 몸서리치도록 만들 만큼 뜨거운 것이었다.

깜짝 놀란 정일환 박사가 급히 말리려 했으나 최강철의 몸은 결코 움직이지 않았다.

그랬기에 정일환 박사는 몸을 일으킨 후 멀건이 그의 숙인 등을 내려다 볼 수밖에 없었다.

뭔가, 도대체 이게 뭐란 말인가!

        *   *   *

최강철이 스카우트 대상들을 만나러 다니는 동안 대한민국
은 '제우스'에서 터뜨린 사건으로 인해 온 나라가 시끌벅적했
다.

유기춘과 정용범이 즉각 고소를 취하하며 사건을 무마하려
했으나 윤미영이 오히려 그들을 살인 혐의로 고소했던 것이
다.

그녀는 자신을 죽이려 했던 남자까지 대동하고 경찰서를
찾았기 때문에 강남경찰서가 발칵 뒤집혔다.

하지만 사건은 거기서 멈추지 않고 낯 뜨거운 기사가 전 언
론에서 터져 나오며 유기춘과 정용범의 불륜 사실과 불법 정
치 자금 수뢰를 폭로하기 시작했다.

기사의 내용은 워낙 증거들이 많아서 변명할 여지가 없을
만큼 완벽했다.

'제우스'의 정보실은 유기춘과 정용법의 차명 계좌를 확인하
고 그 뒤를 캐내자 일본에서 기업을 운영하는 자들의 이름이
나타났다.

확증은 안 되겠지만 심증으로 삼기에는 충분한 증거들이었다.

정치권 전체가 폭탄을 맞은 것처럼 술렁거렸다.

집권당은 두 사람을 제명하고 철저한 검찰 수사를 촉구하면서 사태를 진정시키려 했지만 국민들의 분노는 쉽게 수그러들지 않았다.

바로 최강철에게 했던 일본의 만행이 사실로 들어났기 때문이다.

시위가 다시 시작된 것은 유기춘과 정용범이 구속된 후부터였다.

복싱 경기에 일본 정치권이 움직였다는 사실이 확인되자 국민들은 대규모 규탄 대회를 확산시켜 나갔다.

정부에서는 당황함을 숨기지 못하고 급하게 성명서를 발표하며 일본에 대해 유감을 표시했지만 일본 정부의 태도는 완강했다.

한국의 반일 감정이 정치 쟁점화로 나타나며 일본을 매도하고 있다는 것이었다.

그들의 주장은 간단했다.

그 당시 유기춘과 정용범을 만났다는 요시다는 출국한 적이 없었고, 최강철의 조사에 직접적으로 개입할 이유가 없다는 것이었다.

어떤 정부가 선수들 간의 복싱 경기에 개입해서 국가 간의 분쟁을 일으키는 어리석은 짓을 하냐는 게 그들의 주장이었다.

더군다나 일국의 국회의원과 검찰총장이 일본 의원의 지시를 받고 그런 짓을 한다는 게 가능한 일인가를 되물었다.

막상 그렇게 나오자 할 말이 없었다.

말을 섞으면 섞을수록 내 얼굴에 똥을 퍼붓는 것과 마찬가지 일이었다.

정부도, 국민들도 일본 정부의 공식 반응을 보면서 부끄러움을 느낄 수밖에 없었다.

분노는 머리끝까지 치밀어 올랐으나 매국노들을 그 위치까지 올려놓아 이런 사태를 만든 건 다름 아닌 대한민국의 썩은 시스템과 도덕의식 때문이 아니겠는가.

그랬기에 국민들은 일본의 분노를 가슴속에 삭이며 영웅을 죽이기 위해 일본의 개가 되어 앞장섰던 검찰과 국세청을 때려잡았다.

"일본의 개 검찰은 자폭하라!"

"정용범을 당장 목매달고 관련자는 전부 색출해서 감방에 처넣어라!"

최강철의 사태에 관련되었던 자들이 된서리를 맞았다.

국세청장이 옷을 벗었고 실질적으로 움직였던 검찰 라인과

세무 라인이 전부 자리에서 물러났다.

그렇게 일단락이 되면서 사태는 천천히 진정되기 시작했다.

하지만 국민들의 가슴에는 일본에 대한 응어리가 뭉쳐져 깊이 도사려 꿈틀거리고 있었다.

언젠가는, 언젠가는 이 치욕을 갚아주겠다는 그 한이 말이다.

*　　　　　*　　　　　*

최강철은 서지영이 준비했던 인물들을 전부 만나고 한국으로 돌아왔다.

정일환 박사를 비롯해서 모두 5명이었는데 록히드 마틴, 보잉, 레이시언 등에 근무하고 있던 항공과 미사일 분야의 선임 연구원들이었다.

그들을 스카우트한다는 건 쉬운 일이 아니었다.

하지만 최강철은 미국에서 한 달이나 머물며 끈질기게 그들을 설득해서 한국으로 돌아오는 걸 허락받았다.

한 번이 안 되면 두 번, 그래도 안 되면 집 앞에서 물러나지 않고 밤늦게까지 버텼다.

최상의 조건을 제시했다.

미국에서 받았던 조건보다 훨씬 좋은 조건들을 제시했고

그들의 연구에 무조건적인 지원을 약속했다.

단순한 애국심에 호소한다는 건 어리석은 짓이다.

인간은 누구나 이기심을 가지고 있으니 그 이기심을 충족시켜 주지 않으면 쉽게 움직이지 않는 특성을 가지고 있다.

물론 그들이 귀국을 결심한 것은 한국 국적을 끝까지 고수했던 그들의 국가관이 커다란 이유였을 것이다.

안정된 직장을 그만두고 모험을 선택한다는 건 가정을 가진 사람들에게서는 커다란 부담이었을 게 분명했으니 조국에 대한 그리움이 가슴에 없었다면 어찌 그런 결정을 내렸을까.

거기에 덧붙여진 것이 최강철의 눈물겨운 노력이었다.

전 세계 복싱 영웅으로 칭송되는 최강철의 눈물 어린 호소는 그들에게 모험을 선택할 수 있는 용기를 심어주기에 충분했다.

최강철의 귀국은 커다란 반향을 일으켰다.

방어전을 또다시 KO승으로 이끈 것도 있지만 최근 발생된 사건의 중심에 있는 사람이 바로 그였기 때문이다.

미리 준비했다.

미국에 있으면서 계속 소식을 듣고 있었기 때문에 그는 한국에서 벌어진 일을 손바닥처럼 들여다보고 있었다.

공항에는 기자들이 벌 떼처럼 몰려들었고 최강철은 인터뷰에서 이런 말을 남겼다.

"최근 발생된 일들은 대한민국에 불행한 일이었습니다. 역사적인 치욕, 한일 강합에서 벗어났으나 우리 스스로 일재의 잔재를 전부 치우지 못했기에 발생한 일이라고 생각합니다. 민족의 자존심은 우리 자신이 지키는 것이라 생각합니다. 이제 다시는 이런 부끄러운 일들이 재발되지 않기를 간절히 바랍니다."

최강철이 귀국한 후 가장 먼저 찾은 곳은 '제우스'였다.

그가 들어서자 김도환과 정철호가 정중하게 고개를 숙이며 맞아들였다.

그런 그들을 향해 최강철이 마주 인사를 한 후 자리에 앉았다.

미국으로 건너간 동안 많은 일이 있었고 그 중심에 있던 게 바로 이 두 사람이다.

"수고하셨습니다."

"일단 두 놈은 잡았는데 다른 놈들에 대한 건 추가적인 조사가 필요합니다. 시간이 더 필요할 것 같아요. 먼저 터뜨려서 그런가, 이놈들이 꼬리 자르기에 들어갔습니다."

"근본은 변하지 않을 겁니다. 그 인간들은 일본에 의지해서 정치를 해왔으니 독립적으로 움직이는 건 곧 한계에 부딪칠 수밖에 없을 거예요. 하지만 사장님, 이대로 대충 물러서면 안 됩니다. 끝까지 추적해서 놈들을 반드시 처벌해야 합니다."

"지금까지 해왔던 방법으로는 어렵습니다. 다른 방법을 동원해도 되겠습니까?"

"어떤 방법을 말씀하시는 거죠?"

"그건 저희한테 맡겨주십시오."

"정 실장님을 쓰실 생각인가요?"

"음… 그렇습니다."

"자칫하면 직원들이 위험해질 수 있어요."

최강철이 얼굴을 슬쩍 찡그리자 그동안 조용히 옆에 앉아 있던 정철호가 슬쩍 나섰다.

그의 얼굴은 여전히 표정 변화가 없었다.

"회장님, 저희들은 그런 걸 위험이라 부르지 않습니다. 슬쩍 명단을 흘렸지만 정치권이 감싸고도는 바람에 그자들은 사정권에서 벗어났습니다. 여야를 구분하지 않고 8명이 남았습니다. 저희들은 회장님의 뜻이 뭔지 정확하게 알고 있으니 명령만 내려주십시오. 명령만 내리시면 무조건 따르겠습니다!"

"좋습니다. 하지만 죽이는 건 안 됩니다. 우리가 놈들의 목을 직접 치면 사회적으로 문제가 생깁니다. 직원들의 안전에도 문제가 생기고요. 저는 그것을 원하지 않습니다. 그 외에는 맡기겠습니다. 반드시 법의 심판을 받게 만드세요. 내가 원하는 것은 그들의 몰락이지 놈들의 목숨이 아닙니다!"

*　　　　*　　　　*

일이란 건 뼈대가 세워지면 나머지는 자연스럽게 굴러가는
법이다.

최강철이 추진하고 있던 '비룡'은 정일환 박사를 필두로 유
창석, 길인영 박사가 차례대로 귀국을 하면서 체계를 갖추기
시작했다.

이미 국내에서는 김도환이 카이스트의 박사들과 삼성전자
를 비롯해서 한화와 LIG의 전자, 전기, 기계 등 각 분야의 전
문가들을 차례대로 스카우트했기 때문에 천천히 조직이 구성
되었다.

최강철은 정일환 박사의 조언을 받아 항공과 미사일, 두 개
의 회사로 만들려는 계획을 '비룡'으로 통일했다.

정 박사는 항공과 미사일을 함께 연구하는 것이 효율적이
라는 주장을 했던 것이다.

회사가 본격적으로 움직이려면 많은 시간이 필요했다.

제일 먼저 연구 시설에 필요한 장비들과 공장, 그리고 자료
들의 구축이 필요했고 연구원들의 충원도 지속적으로 이루어
져야 했다.

당장 투입되어야 할 재원만 해도 100억 정도가 필요하다는

게 김도환의 분석이었다.

하지만 최강철은 전혀 동요하지 않았다.

돈은 충분했고 앞으로도 무제한의 재원을 마련할 수 있으니 필요한 만큼 얼마든지 지원할 생각이었다.

어차피 장기적인 플랜이었다.

지금 당장 성과를 바라는 것도 아니었고 체계가 구축되었으니 점점 발전해 나가면 된다.

아직도 핵심 연구원들은 절대적으로 부족한 실정이었으니 시간을 두고 계속 영입할 필요성이 있었다.

그것도 걱정하지 않는다.

열정과 천문학적인 돈이 있으니 언젠가는 그들도 이 프로젝트에 참여하게 될 것이다.

인재만 가지고 안 된다면 어떤 수를 쓰든 강대국의 핵심 기술들을 빼 올 생각이었다.

세상에 안 되는 게 뭐가 있단 말인가.

이미 죽음을 경험했던 그에게는 어떤 두려움이나 양심도 남아 있지 않았다.

정일환 박사에게 말한 것처럼 자신은 죽을 때 다시 살면서 얻었던 어떤 것도 남기지 않을 생각이었다.

가족들은 행복할 정도의 재산만 있으면 된다.

서지영과 결혼을 꿈꾸고 있지만 자신으로 인해 태어난 생명에게도 남겨주지 않을 것이다.

재벌들이 자식들에게 재산을 물려주기 위해 발버둥치는 걸 보면서 한심하다는 생각을 했다.

진정으로 후회 없이 눈을 감을 수 있는 건 어떤 삶을 살았느냐에 의해 결정되는 것이지 후손들이 떵떵거리며 살게 만드는 것으로 생성되는 것이 아니란 걸 그들은 모르고 있었다.

마이다스 CKC의 본사에서 넘어온 돈과 방어전에서 받은 파이트머니를 합해 별도로 5,000만 달러의 재원을 마련했다.

돈을 버는 것도 중요했지만 어떻게 쓰느냐는 건 더 중요한 일이었다.

그랬기에 그는 '비룡'에 2,000만 달러를 예치시킨 후 연구의 토대를 마련하게 만들었다.

'비룡' 사장에는 윤문호 교수의 도움을 받아 전문 경영인을 앉혔다.

사장으로 취임한 최인국은 윤문호 교수가 가장 신임하는 제자로 중소기업을 운영했던 경력이 있었다.

그의 임무는 연구원들의 연구를 지원하고 각종 시설과 공장 설립, 그리고 체제 구축 후 방산 업체로의 승인을 받아내는 것이었다.

물론 향후, 연구 결과로 인해 제품이 생산되기 시작하면 판매에 대한 것들도 그의 임무다.

최고의 시설을 만들라는 지시를 내렸다.

사무실은 물론이고 연구 단지와 공장의 규모도 최대로 구축하라는 지시를 내렸다.

물론 그러기 위해서는 훨씬 많은 돈이 소요되겠지만 연차별 예산 계획을 세워 차근차근 지원할 생각이었다.

최강철은 남은 돈으로 8개의 고아원을 대규모로 만들었다.

개소당 300명씩 수용할 수 있었는데 이번에는 서울 근교가 아니라 지방 대도시 근처에 마련했다.

그동안의 고아원과 차원이 다를 정도로 완벽한 시설과 체계를 갖춘 것이었다.

고아원을 관리하는 회사의 이름을 '헤븐'으로 바꾸고 직원들도 충원시켰다.

아이들은 대한민국의 미래다.

그가 고아원에 예산을 집중시킨 것은 불행하게 태어난 그들이 사회의 암적 요소로 자라는 걸 막고 훌륭하게 자라나 대한민국의 주춧돌이 되기를 바랐기 때문이다.

기본 구상은 고아원에서 자란 아이들이 사회에 정착할 때까지 돕는 것이었다.

머리가 뛰어난 아이들은 대학에 보낼 것이고 그렇지 않은 아이들은 직업이 가질 수 있도록 지원할 계획이었다.

‘제우스’의 김도환에게 부탁한 건 자신의 이름으로 장학 재
단을 마련한 것이었다.

가정이 불우해서 뛰어난 성적에도 힘들어하는 고등학생들
과 대학생들을 대상으로 장학금을 지원하는 사업이었다.

여기에 1,000만 달러를 쏟아부었다.

자신의 생각과 신념은 확고하다.

국가가 어떻게 발전하느냐는 인재로 결정되고 그 인재가 풍
요로울 때 대한민국은 세상에서 가장 아름다운 나라로 변하
게 될 것이다.

          *   *   *

"최강철 선수, 반갑습니다. 내가 정우석입니다."

"의원님을 만나 뵙게 되어 영광입니다."

싸구려 감자탕집에 들어온 40대 후반의 남자가 손을 내밀
자 최강철은 정중하게 그의 손을 잡았다.

집권당의 텃밭인 대구에서 무소속으로 출마해 당선된 그는
야당의 공천조차 받지 못한 인물이었으나 시민들의 지지를 받
으며 당당하게 국회로 입성한 사람이었다.

사람들은 그를 독불장군이라 불렀다.

언제나 바른 말을 했고 청렴하게 살면서 정치계의 틀 속으

로 들어가지 않았기 때문에 붙여진 별명이었다.

그는 김도환이 내밀었던 5명의 인물 중 가장 상단에 위치하고 있던 국회의원이었다.

그가 얼마나 허례에 구애받지 않는지는 약속 장소로 정한 이 감자탕집만 봐도 알 수 있었다.

여의도에서 조금 떨어진 곳에 있는 이 감자탕집은 서민들이나 드나드는 평범한 음식점이었다.

더군다나 그는 보좌관을 데려오지 않았는데 허름한 양복이 인상적이었다.

"국민 영웅 최강철 선수를 만나는데 이거 너무 내 생각만 한 건 아닌지 걱정이군요."

"아닙니다, 저도 감자탕을 무척 좋아합니다."

"그렇다면 다행이긴 한데… 아무래도 내가 실수한 것 같네요."

정우석이 이쪽을 연신 바라보는 손님들의 시선을 확인한 후 쓴웃음을 지었다.

자신이 오늘 만나는 상대가 대한민국 사람이라면 누구나 아는 최강철이라는 것을 미처 고려하지 못했다는 자책감 때문이었다.

습관 때문에 발생한 일이다.

그는 손님을 만나면 대부분 자신의 지갑을 열었기에 비싼

곳에서 밥을 먹은 적이 거의 없었다.

"걱정하지 마십시오. 의원님 오시기 전에 제가 손님들한테 부탁을 드려놨습니다. 중요한 분과 대화를 해야 하니까 조금만 기다려 달라고 말이죠."

"허허… 그랬나요."

"의원님, 감자탕 시킬까요?"

"작은 거로 시킵시다. 괜히 큰 거 시키면 다 못 먹어요."

"그러겠습니다."

최강철이 빙그레 웃으며 주인한테 감자탕 작은 것을 시켰다.

밥을 먹으며 세상 돌아가는 이야기를 나눴다.

정우석은 고집불통으로 통했지만 머리가 뛰어난 사람이었고 국회의원답게 눈치도 빠른 사람이었다.

그럼에도 그는 식사 동안만큼은 최강철이 왜 만나자고 했는지에 대해서 한 마디도 꺼내지 않았다.

"최 선수, 나 궁금한 게 있는데 하나만 물어봅시다."

"말씀하십시오."

"지금 사당동에 산다면서요?"

"예, 25평짜리 전세에 살고 있습니다."

"왜 그런 거요?"

"무슨 말씀이신지……."

"내가 들어보니까 고아원과 장학금으로 번 돈들을 전부 쓴다면서요. 그 돈이면 떵떵거리고 살 수 있잖습니까. 복싱은 무척 어려운 운동이죠. 남을 때리고 맞아야 될 테니 얼마나 힘든 운동이겠어요. 그런데 그렇게 번 돈을 전혀 상관도 없는 남들한테 쓰는 이유가 뭡니까?"

"의원님, 그건 제가 좋아서 하는 일입니다."

"야심이 있는 건 아니고요?"

정우석이 최강철을 빤히 바라보며 물었다.

뼈가 있는 말이다.

청렴의 대명사로 불리는 그였지만 최강철이 보여주는 행동은 절대 이해할 수 없었다.

최강철의 일거수일투족은 전부 언론에 의해 감시되고 있기 때문에 그가 고아원을 만들고 장학 재단을 세워 파이트머니를 전부 쏟아붓고 있는 건 전 세계로 외신을 통해 알려졌을 정도였다.

"의원님, 제가 야심이 있다면 어떻게 될까요. 그런 걸 하지 않으면 제가 아무것도 못 할 것 같습니까?"

"허허……."

"저는 아무것도 안 하고 지금 당장 정치 1번지라는 종로에 출마해도 당선될 겁니다. 그렇게 생각하지 않으시나요?"

"될 거요. 누가 허리케인을 이길 수 있겠소. 그저 이름만 걸

어봐도 될 것 같구려."

"하지만 저는 출마하지 않을 생각입니다."

"왜 그렇소?"

"저는 학생이고, 복싱 선수가 제 본분이기 때문입니다. 솔직히 말씀드리면 나중 일에 대해서 말씀드리지 못하겠습니다. 사람 일은 어떻게 변할지 모르는 거잖습니까."

"정치할 생각이 아예 없는 건 아니지만 지금은 아니다?"

"밥을 다 드셨군요."

정우석이 묻자 최강철이 빙그레 웃으며 화제를 돌렸다.

하지만 그것은 화제를 돌린 게 아니라 본격적으로 대화를 하자는 신호이기도 했다.

눈치가 빠른 정우석이 최강철의 의도를 알아채고 의자에 놓아두었던 자신의 상의를 들어 올렸다.

"여기서부터 국회까지 걸어가면 20분 정도 걸립니다. 밥 먹고 산책하기에는 더없이 좋은 길이죠. 최 선수, 같이 걸으렵니까?"

"그러겠습니다."

두 사람은 걸어서 국회로 향했다.

최강철은 차를 가지고 왔으나 주차장에 세워놓고 정우석과 함께 천천히 걸으며 그의 모습을 관찰했다.

걸음걸이가 부자연스럽다.

과거 군사정권에 의해 고문을 받았다고 하더니 그 후유증이 있는 것 같았다.

"자, 그럼 여긴 아무도 없으니까 본론을 말해볼까요. 최 선수, 나를 찾아온 진짜 이유가 뭡니까?"

"의원님을 존경하기 때문입니다. 가까이서 위원님을 뵙고 싶었을 뿐입니다."

"거짓말하지 마시고… 최 선수는 정치인들 사이에서 아주 유명해요. 괜히 접근했다가 물 먹은 사람들이 한둘이 아니라고 소문이 났어요."

"그건 그분들이 저를 이용하려 했기 때문입니다."

"그럼, 나는 이용하지 않을 것 같아서 온 거요?"

"그렇습니다."

"도무지 무슨 말인지 모르겠네. 난 꽉 막힌 사람이 아닙니다. 남들은 나보고 고집불통이라고 말하지만 나는 나 스스로를 그렇게 생각하지 않아요. 나는 내 신념에 따라 움직일 뿐, 융통성이 전혀 없는 사람이 아니에요."

"그렇다면 솔직히 말씀드리죠. 저는 의원님을 이용하고 싶어서 온 겁니다."

"뭐라고요!"

"의원님의 힘이 필요합니다."

"허어, 이 사람. 내 힘이 뭐에 필요하단 말이요. 설마 힘든 부탁을 하려는 건 아니겠지?"

"힘든 부탁입니다."

"그럼 하지 말아요. 나는 불법과 부정 비리와는 거리가 먼 사람입니다. 차라리 내가 하는 것보다 허리케인의 명성 가지고 하는 게 빠를 거요."

"의원님만 하실 수 있는 일입니다."

"그것참, 도대체 그게 뭡니까?"

"대한민국을 구해주십시오."

더 이상 궁금증을 참지 못했는지 정우석이 걸음을 멈추자 최강철이 따라 걸음을 멈추며 한 자, 한 자 끊어서 대답을 했다.

그러자 정우석의 얼굴이 무섭게 굳어지는 게 보였다.

"지금 대한민국은 부정과 불법 천지입니다. 정치인들은 자기들의 이익을 위해 이합집산을 할 뿐 진정으로 국가를 위해 봉사하려는 사람들이 드뭅니다. 정부 역시 마찬가지죠. 공무원들은 권력자들의 눈치를 보면서 그들의 개로 전락했고 기업인들은 사회에서 얻은 이익을 사회에 환원하는 것보다 자신들의 자식들에게 물려주기 위해 불을 켜고 있습니다. 저는 이런 모든 것을 바라보며 슬픔을 감출 수 없습니다. 제가 의원님을 찾은 것은 이런 썩은 체제를 뿌리 뽑아달라고 부탁드리기 위해서입니다."

"으……."

정우석의 입에서 신음이 흘러나왔다.

그 역시 같은 생각을 가지고 있었으나 혼자 힘으로는 도저히 해결할 수 없는 것들이었기에 최근 들어 깊은 자괴감을 느끼고 있었다.

최강철이 번 돈을 전부 고아원과 장학금으로 써버리는 걸 보며 특별하다고 느꼈으나 이런 생각을 가지고 있을 줄은 꿈에도 생각하지 못했다.

그렇기에 최강철을 바라보는 그의 눈은 놀라움이 가득 들어차 있었다.

"무슨 소린지 알겠소. 하지만 나는 그리 힘이 많지 않은 사람이오. 나 역시 그런 것들을 뿌리 뽑기 위해 미친 듯이 싸우고 있지만 상대의 힘이 너무 거대하더군요. 이 사회는 내가 혼자 싸우기에 너무 많이 썩어 있어요."

"압니다. 그렇기에 온 겁니다."

"그게 무슨 소리요?"

"의원님이 결심만 굳혀주신다면 제가 그 힘이 되어드리겠습니다."

"어떻게?"

"현재의 정치 세계는 두 가지가 필요합니다. 그 한 가지는 정치 자금이고 나머지 한 가지는 뜻을 같이하는 동지들이죠.
제가 그 두 가지를 해결해 드리겠습니다."

"정말 그게 가능하단 말이오?"

제39장
전설로 가는 길I

돈 킹에게서 통합 타이틀전 확정이 전달되어 온 것은 내년 1월 11일이었다.

앞으로 5개월 후.

장소는 라스베가스 MGM 그랜드호텔 특설 링으로 정해졌고 주관 방송사는 NBC ESPN이었다.

이 경기에서 두 선수가 받은 파이트머니는 각각 1,500만 달러로 역대 최고를 기록했다.

타이틀 확정 소식이 공개되자마자 전 세계의 언론이 동시에 끓어오르기 시작했다.

세기의 매치.

복싱에서 가장 뜨거운 인기를 끌고 있는 웰터급의 최강자들이 최고의 자리를 놓고 벌이는 한판 승부는 복싱팬들의 가슴을 설레게 만들기에 충분하고도 남았다.

돈 킹에 의하면 두 선수의 파이트머니를 위해 15,000석 규모의 좌석 중 10,000석이 글로벌 후원 기업들에게 넘어갔고 5,000장만 판매가 되는데 일반 입장권이 300달러로 책정되었다고 한다.

우리나라 돈으로 환산하면 24만 원이나 되었다.

하지만 그게 문제가 아니었다.

복싱 팬들의 뜨거운 열기를 감안했을 때 링 주변 좌석의 암표는 3만 달러에 육박할 것이라는 예상이 나오고 있었다.

그럼에도 최강철은 자신의 몫으로 책정되어 있는 입장권만큼은 무조건 확보해 달라는 부탁을 해놨다.

돈이 문제가 아니다.

지인들에게 경기를 직접 보여주는 것은 오랜만에 그들을 한자리로 끌어모으는 기회였고 그들에게 주는 선물이기도 했다.

*   *   *

오늘은 윤성호가 체육관을 연 지 2년 만에 처음으로 라이트급 한국 챔피언에 도전하는 날이었다.

예전 최강철이 신인이었을 때의 설렘이 느껴져 그는 방태식의 세컨을 보며 마음껏 소리를 질러댔다.

마지막 10라운드.

끊임없이 지속된 난타전이었지만 클린히트를 터뜨린 건 방태식이 더 많았기 때문에 윤성호와 이성일은 최종 라운드가되자 목이 터져라 소리를 지르고 있었다.

"야, 라이트를 쳐야지. 고개 숙이잖아! 어퍼컷, 어퍼컷을 치라니까!"

"뒤로 빠져. 뭐 하러 붙어. 그래, 사이드로 돌아. 그렇지 레프트 잽!"

두 사람이 번갈아 소리를 지르는 게 방송국의 캐스터와 해설자를 보는 것 같았다.

일진일퇴.

체력이 떨어질 대로 떨어진 두 선수는 이제 거의 발바닥이땅에 끌려 다닐 정도였다.

그럼에도 밖에서 떠드는 윤성호와 이성일은 방태식이 홍길동처럼 구름을 타고 번개처럼 움직여 주기를 바라는 것 같았다.

얼마나 시간이 지났을까.

기어코 공이 울리자 미친 듯이 두 사람이 링으로 뛰어 올라갔다.

그러고는 방태식의 얼굴과 몸을 닦아주면서 최고의 경기를 펼쳤다며 칭찬을 해줬다.

이길 가능성이 컸다.

성호체육관 사상 최초의 챔피언이 배출되는 순간이었으니 두 사람의 입술이 판정 결과가 나올 때까지 바짝바짝 말라갔다.

드디어 심판이 방태식의 손을 드는 순간 윤성호가 무릎에서 힘이 빠졌는지 스르륵 바닥으로 쓰러졌다.

최강철이 이겼을 때와는 또 다른 느낌이었고 기쁨이었다.

감이 달랐다.

최강철의 경기가 무림의 초고수들이 벌이는 진검 승부라면 방태식의 경기는 시장판에서 벌어지는 드잡이질에 불과했지만 그럼에도 그 긴장감은 최강철의 경기 못지않게 뜨거웠다.

그런 그를 보며 관계자들이 어이없다는 듯 한숨을 길게 흘려냈다.

과연 저 사람들이 세계 최강이라 불리는 허리케인의 트레이너가 맞는지 의심스러워하는 시선이었다.

그러거나 말거나 윤성호와 이성일은 아직도 솜털이 뽀송뽀

송한 방태식을 끌어안고 한 몸이 되어 라커룸으로 들어왔다.

"태식아, 오늘은 내가 쏜다. 먹고 싶은 거 실컷 사줄게. 뭐 먹고 싶냐?"

"삼겹살요."

"이 자식아, 소고기 등심 먹어. 이럴 때 비싼 거 먹어야 해. 우리 관장님이 언제 쏜다는 말 하는 거 봤어!"

"넌 빠져."

"내가 왜 빠져요. 오늘 세컨 보느라고 얼마나 고생이 많았는데요."

"네가 무슨 수고를 해. 옆에서 신경질만 냈으면서. 태식이가 너 때문에 기가 죽어서 고전했다. 시합 중에 잔소리하는 놈이 어디 있니!"

"어머, 사돈 남 말 하시네. 잔소리는 관장님이 했지 내가 언제 했어요. 태식아, 말해봐라. 잔소리를 누가 했냐?"

방금 경기를 마친 선수를 앞에 두고 둘이 투탁거리는 게 한심해 보였다.

그때 불쑥 문이 열리며 뒤늦게 코치인 황상호가 뛰어들었다.

그는 시합이 끝나고 주최 측에 가서 대전료 처리 등 서류 정리를 하러 갔었는데 얼굴이 시뻘겋게 변한 것이 금방이라도 죽을 사람처럼 허둥거렸다.

"관장님, 관장님!"

"야, 황 코치, 왜 그래. 무슨 일이야?"

"강철이, 강철이… 통합 타이틀전이 결정되었답니다. 금방 사무실에서 연락이 왔어요."

"뭐라고!"

앉아서 아웅다웅하며 투닥거리던 두 사람의 엉덩이가 갑자기 공중 부양 하면서 날아올랐다.

그러고는 멀뚱하게 앉아 있는 방태식을 바라보며 동시에 고함을 질렀다.

"태식아, 오늘 고기는 황 코치랑 먹어라. 돈은 내가 내는 거니까 마음껏 먹어. 알았지!"

최강철은 시합이 결정되었음에도 금방 캠프를 차리지 않았다.

아직 만나야 할 사람들이 남아 있었다.

정우석을 비롯해서 김도환이 1순위로 올렸던 다섯 명을 전부 만났고 2주 전부터는 2순위로 지명된 8명을 만나고 있는 중이었다.

여당에 5명, 야당에 3명이었다.

여기까지 자신이 직접 만나고 2차로 선정된 정치인들은 김도환에게 맡길 생각이었다.

최강철은 내년 3월 총선을 겨냥해서 2차로 30명의 참신한 인물들을 선정했는데 정치적 소신이 뚜렷해서 도태되었거나 지금까지 정치판에 발을 들여놓지 않은 사람들이었다.

오늘 그가 만나는 사람은 집권당에 소속되어 있는 우정원이었다.

우정원은 집권당에 속해 있었지만 여당 속의 야당이라 불릴 만큼 독자적인 행보를 해나가며 자신의 영역을 구축해 가고 있는 인물이었다.

국토부 차관을 하다가 정계로 들어온 그는 천안에서 국회의원이 되었는데 집권당 소속이면서 군사정권에 반기를 들었다가 2번이나 투옥된 전력이 있었다.

88년 총선에서는 같은 지역구에서 야당으로 출마했는데 3당 합당으로 인해 또다시 집권당 소속이 된 상태였다.

최강철은 정우석을 제외하고는 의원들을 만날 때 철저하게 극비 장소에서 만났다.

정우석을 만났다는 것이 언론 쪽에 알려지면서 구설수에 올랐기 때문이다.

김도환은 여의도 쪽에 사무실을 하나 마련해서 사람을 만날 수 있는 안가를 준비했는데 국회와 가까웠고 입구가 여러 개라 감시를 피할 수 있는 곳이었다.

"어서 오십시오, 의원님."

"꼭 간첩들 접선하는 것 같습니다. 아무런 잘못도 없는 내가 이렇게 숨어 다녀서야 되겠습니까?"

"죄송합니다."

최강철이 정중하게 고개를 숙여 사과를 하자 우정원의 얼굴에서 여유 있는 미소가 흘러나왔다.

비록 국민 영웅으로까지 불리고 있었으나 최강철은 아직 새파란 애송이에 불과했으니 충분히 제압할 수 있다는 자신감이 있었다.

"그래, 천하의 허리케인이 왜 나를 보자고 했죠?"

"커피 드시겠습니까?"

자리에 앉자마자 자신을 쏘아보는 우정원을 향해 최강철이 말을 돌렸다.

직선적인 성격이다. 얼굴에서 나타나는 자신감은 자신의 행동에 책임을 지는 사람에게서만 나타나는 것이었다.

"고맙군요. 내가 복이 터졌군, 천하의 허리케인에게 커피를 다 얻어마시다니."

"잠시만 기다리십시오."

최강철이 미소를 지은 채 자리에서 일어나 직접 커피를 타왔다.

다방 커피다.

커피와 프림을 섞었고 적당히 설탕을 탔지만 맛있다는 보장은 하지 못한다.

커피 타는 실력만큼은 꽝이다.

오죽하면 같이 사는 이성일마저 절대 타지 말라고 애원했겠는가.

커피를 타서 우정원 앞에 놓자 그가 손을 뻗어 커피 잔을 잡았다.

그러고는 한 모금 마신 후 천천히 잔을 내려놓았다.

"껄껄껄… 쓰고, 달고. 커피 타는 실력이 형편없군요."

"그래도 마셔주십시오. 거기에는 특별한 게 들어 있으니 말입니다."

"특별한 거라니, 그게 어떤 거요?"

"제 진심입니다."

"허허… 농담도 할 줄 아시는구먼."

목소리는 웃었으나 우정원의 눈은 차갑게 가라앉아 있었다.

올 때부터 슬쩍 긴장을 했다.

최강철이 정우석을 만났다는 소문을 들은 것은 2달 전이었다.

정가에서는 그 사실에 이목이 집중되었는데 최강철이란 이름이 갖는 무게가 그만큼 크기 때문이었다.

만약 그가 정우석을 개인적으로 지원하게 된다면 내년 총

선에서 무조건 당선이 될 정도로 최강철의 파괴력은 무시무시
했다.

자신이 오늘 이곳에 온 이유도 마찬가지다.

비록 집권당 소속이었지만 당에서는 자신에게 공천을 주지
않을 가능성이 컸다.

워낙 당에서 하는 일에 반대를 많이 했기 때문에 수뇌부에
서는 그를 눈엣가시처럼 생각하고 있었다.

하지만 그는 어떤 일이 있어도 다시 도전할 생각이었다.

공천을 받지 못하면 무소속으로 나설 것이고 무슨 수를 쓰
든 국회에 입성해서 이 아사리 같은 정치판과 싸워볼 결심을
굳히고 있었다.

총선에 도움이 되는 것이라면 무슨 짓이라도 한다.

그게 여기까지 발걸음을 하게 된 이유였다.

"허리케인, 나는 그 진심이 뭔지 모르겠구려. 커피에 탄 그
진심이 뭡니까?"

"의원님은 2선이지만 당내에서의 역할이 미미하군요. 차기
총선에 공천도 불확실할 정도로 찍혀 있고요. 맞죠?"

"다시 묻지. 날 부른 이유, 그것만 말하시오. 최강철 씨, 나
는 일국의 국회의원이오. 나를 여기까지 불러 수모를 주는 짓
은 하지 마시오."

"그런 게 수모라고 말할 수 있겠습니까. 진짜 수모가 뭔지

모르시는군요. 수모란 말입니다. 바로 이런 게 알려졌을 때 다가오는 겁니다."

최강철이 우정원의 앞에 한 뭉치의 서류를 내밀었다.

서류는 그가 저지른 부정 비리에 관한 증거 서류와 기업들에게서 돈을 받는 장면들이 찍힌 사진들이었다.

우정원의 눈이 돌아갔다.

자료는 검찰에 들어간다면 간단하게 정치 생명이 끝날 정도로 철저하게 구성되어 있었다.

하지만 서류를 넘겨본 우정원의 얼굴에는 여전히 웃음이 지워지지 않았다.

"검찰에 보내지 그러셨소?"

"의원님, 제가 검찰에 보낼 거라면 의원님을 여기에 모셨겠습니까? 거기 제일 첫 장에 찍힌 사람이 대일물산 사장이죠. 그 사진은 제가 찍은 게 아니라 그놈이 찍은 겁니다. 저는 그 사진을 뺏었을 뿐이죠."

"음……."

"정치 자금 때문에 검은돈을 여러 번 받으셨더군요. 돈값을 하느라 관계 부서에 압력도 여러 번 넣으셨고요. 하지만 검은 돈은 언젠가 노출되는 특성이 있습니다. 바로 대일물산 사장 같은 놈 때문에 그렇습니다. 기업은 언제나 자신이 투자한 것 이상의 이익을 받기 원합니다. 그렇게 되지 않았을 때, 그리고 누군가의 협박을 받게 되었을 때 그자들은 신의를 헌 고무신처럼 팽개칩니다. 그렇지 않습니까?"

"그건 정치인들에게 숙명 같은 것이지. 요즘 국회의원치고 그렇지 않은 사람이 어디 있겠나. 최강철 선수, 그만 욕보이고 본론을 말하세요. 나를 부른 이유, 그걸 말하지 않으면 나는 그만 일어나겠소."

"의원님, 지금부터 검은돈은 받지 마십시오. 의원님처럼 기개가 있는 분들은 약점을 갖게 되는 순간 이 나라의 정치판에서 살아남을 수 없습니다. 나라를 위해 열심히 일하셔야 할 분이 그렇게 되는 걸 나는 원치 않습니다."

"지금 나를 훈계하는 겁니까?"

"아닙니다, 의원님께 부탁하는 겁니다. 의원님, 앞으로 의원님이 필요한 정치 자금은 전부 제가 준비하겠습니다. 제가 오늘 의원님을 모신 것은 그걸 말씀드리기 위해서입니다."

"당신이 왜?"

"저도 의원님처럼 이 나라가 멋지게 변하는 걸 보고 싶기 때문입니다."

*   *   *

최강철은 시합 4개월을 앞두고 훈련에 들어갔다.

모든 훈련 패턴은 똑같다.

다만 다른 것은 오직 상대가 누구냐는 것뿐이었다.

먼저 피지컬을 끌어 올리기 위해 러닝을 시작했고 산악구보에 들어갔다.

또다시 그의 신체를 괴롭히는 모래 각반을 찼고 '언리미티드 러닝'을 아침, 저녁으로 시행했다.

이번 시합은 8개월 만에 벌어지는 것이기 때문에 쉬는 시간이 다른 때보다 훨씬 길었다.

그렇기에 더욱 혹독하게 신체를 단련했다.

국민들의 관심은 오직 최강철의 시합에 맞춰져 있었다.

이번 시합은 진정한 통합 챔피언을 가리는 경기였으니 국민들은 최강철의 승리를 기원하며 간절히 시간이 지나가기를 기다렸다.

언론들도 다른 자세를 취했다.

언론 역시 최강철의 훈련에 방해되는 짓은 아예 할 생각조차 하지 않았는데 국민들의 열망을 너무나 잘 알기 때문이었다.

만약 누군가가 최강철의 훈련을 방해하면서까지 취재를 한다면 맞아죽을지 모를 정도로 국민들은 최강철의 승리를 간절히 기대하고 있었다.

　　　　*　　　　　*　　　　　*

　로이드 허니건.

　현 WBC 챔피언으로 4차 방어전까지 성공했으며 32승 1패
25KO를 기록하고 있는 막강한 챔피언이었다. 자메이카 출신
인 그의 별명은 '비스트'다.

　워낙 경기 스타일이 거칠었고 상대를 압박하는 능력과 펀
치력이 뛰어나 그와 시합을 한 상대들은 자신의 기량을 제대
로 발휘하지 못한 채 캔버스를 뒹굴었다.

　듀란이 그에게 도전하는 대신 최강철을 선택한 것 또한 허
니건의 피지컬이 워낙 뛰어났고 거칠었기 때문이다.

　야수와 야수가 만나면 시합은 길게 가지 않는다.

　뛰어난 인파이팅을 구사한 듀란이 그를 피한 이유도 바로
그런 것 때문이었다.

　혹독한 훈련을 통해 체력을 보완했어도 나이가 워낙 차이
가 났기 때문에 아프리카의 야수 허니건과 맞상대하기에는 불
리하다는 게 듀란 측의 판단이었다.

　물론 그것이 단순한 듀란 측의 판단에 지나지 않았다는 건
경기에서 증명되었지만 허니건은 듀란마저 피하고 싶어 했을
만큼 강력한 복서였다.

　그는 경기를 하기 전 언제나 이런 인터뷰를 남기는 것으로

유명했다.

"나와 싸우기를 결심하기 전에 자신의 삶을 돌아보라. 이 경기가 너의 마지막이 될지도 모른다. 나는 나와 싸우는 적의 목숨을 결코 동정하지 않는다."

파괴.

그의 복싱을 한 단어로 요약한다면 바로 '파괴'란 단어가 떠올랐다.

끊임없이 적을 몰다가 약점이 노출되는 순간 목 줄기를 뜯어 버리는 그의 잔인함은 야수라는 별명을 탄생시키기에 충분했다.

대한민국의 국민들은 폭풍 속의 고요 속에 빠져들었다.

엔도와의 시합에서 느꼈던 흥분과 전율과는 또 다른 긴장이 대한민국을 덮쳤다.

진정한 지상 최강의 사나이를 가려내는 승부, 최강철의 통합 타이틀전이 점점 다가오고 있기 때문이었다.

세계에서 가장 인기 있는 스포츠 복싱.

그중에서 웰터급은 복싱 팬들을 열광시킨 황금 체급으로 이 체급을 장악한 자들은 언제나 영웅이라 불렸다.

그 대표적인 인물이 슈가레이 레너드다.

슈가레이 레너드는 양대 기구 통합 챔피언에 올라 숱한 도전자들을 쓰러뜨렸고 듀란과 헌즈까지 물리쳐 명실상부한 최강자로 전설이 되었다.

그런 챔피언 중의 하나가 바로 최강철이 상대해야 되는 로이드 허니건이었다.

이미 그는 5년 전 양대 기구 통합 챔피언을 거친 불세출의 강자로서 부상으로 타이틀을 내놓은 후 불과 2년 만에 다시 WBC 챔피언을 차지했으니 복싱 영웅으로 불리기에 손색이 없었다.

그렇기에 국민들의 긴장감은 그 어떤 때보다 컸다.

로이드 허니건과 통합 타이틀이 결정될 때까지 국민들은 그가 어떤 인물인지 정확하게 알지 못했다.

판타스틱4에 대해서는 워낙 많은 언론들이 떠들었고 그들이 만들어낸 명승부를 지켜보며 많은 정보를 가지고 있었지만 로이드 허니건은 그 당시 부상으로 인해 복싱을 쉬고 있었기 때문이다.

하지만 타이틀전이 결정되면서 그에 대한 정보가 공개되기 시작하자 사람들은 긴장으로 연신 침을 삼켜야 했다.

33전을 치르면서 단 1패만을 기록했고 그것도 통합 타이틀 방어전에서 부상으로 인해 당한 것이란 게 알려지면서 사람들은 입을 다물지 못했다.

그뿐만이 아니다.

부상에서 회복된 후 지금까지 10연속 KO승을 거두며 4차 방어전까지 성공하고 있었기에 뒤늦게 정보를 알게 된 국민들은 긴장 속에 빠져 헤어 나오지 못했다.

*　　　　　*　　　　　*

"우와, 저 미친놈. 환장하겠네."

"뭐 테크닉이고 뭐고가 필요없구만. 마구 떠밀면서 공격하잖아."

부랴부랴 MBC에서 준비한 로이드 허니건의 3, 4차 방어전 녹화방송을 보면서 김영호와 류광일이 입을 다물지 못했다.

1라운드부터 보여준 로이드 허니건의 맹폭은 최강철과 전혀 다른 것이었다.

압도적인 힘으로 상대의 반격을 허락하지 않았다.

난타전을 벌이다 힘에 부친 도전자가 클린치를 시도할 때마다 그는 상대의 몸을 패대기쳤는데 심판이 말릴 시간조차 주지 않았다.

"저 새끼 반칙에 대해서는 전혀 신경 쓰지 않는구만."

"반칙에 신경 쓰지 않는 게 아니라 클린치하는 걸 극도로 싫어해. 자세히 보면 난타전을 벌일 때는 정확한 거리를 유지하고 있어. 문제는 상대가 그걸 극복하지 못한다는 것이지."

"강철이가 견뎌낼까?"

류광일의 질문에 김영호의 얼굴이 일그러졌다.

그것을 확신하기가 어려웠기 때문이다.

저런 스타일의 경기를 펼치는 복서는 처음이다. 경기를 시작하면서 처음부터 끝까지 상대를 압박했는데 발도 빨라 아웃복싱을 구사하는 도전자가 수시로 허니건의 추격에 잡히는 것이 보였다.

한 번 잡히면 허니건은 도전자가 빠져나가지 못하도록 상체를 포박한 후 무차별적인 펀치들을 날려댔다.

더티 복싱.

빠른 스피드를 가진 자들을 압박해서 로프로 몰아넣은 후 발을 묶어놓고 제압하는 인파이팅 기술 중 하나였다.

답답했는지 류광일의 목소리가 올라갔다.

웬만한 전문가보다 복싱을 잘 아는 김영호가 대답을 안 하자 불안감을 느꼈던 것이다.

"왜 대답을 안 해?"

"강철이의 특기는 인파이팅이지만 아웃복싱도 잘하는데 두 가지 다 우위에 있다는 말을 하지 못하겠어. 왜 미국의 도박사들이 5 대 5 라는 예상을 했는지 이제야 알겠다."

"저 새끼가 아무리 인파이팅이 좋아도 강철이는 충분히 이
겨낼 수 있을 거야. 내가 봤을 때 저놈보다 강철이의 스피드
가 훨씬 빨라. 더군다나 강철이의 콤비네이션 펀치는 정평이
났잖아. 안 그래?"

"알아, 강철이의 콤비네이션 펀치는 세계 최고 수준이지. 그
런데 말이야, 문제는 펀치의 숫자가 아니라 얼마나 상대를 죽
이는 펀치가 정확하게 들어가냐는 거야. 허니건, 저놈은 펀치
숫자가 많지 않은 것 같지만 한 대 때릴 때마다 소름이 끼칠
정도로 정확해."

"야, 너 자꾸 불안하게 왜 그래. 그럼 강철이가 진다는 거
야, 뭐야!"

"내가 언제 진다고 했냐. 저 새끼가 하도 강해서 걱정되니
까 그런 거지."

"지금부터 넌 아무 말도 하지 마. 아무래도 안 되겠다. 김
대리, 그렇게 안 봤는데 너 그러는 거 아니다."

"내가 뭘?"

"불안해도 무조건 이긴다고 말해야 되는 거잖아. 강철이는
우리 영웅이라고, 강철이가 보통 놈이냐? 저놈 전적도 좋지만
우리 깡철이는 24번을 전부 KO로 이긴 놈이다. 야수고 지랄
이고 필요 없어. 우리 강철이가 이겨. 무조건 이겨!"

"아이고, 지랄아."

류광일이 거품을 물자 김영호가 한숨을 길게 내리쉬었다.

누가 지기를 바라겠는가.

만약 최강철이 시합에 져서 링을 내려온다면 아마 자신은 오랫동안 술독에 빠져 있을 것이다.

어느새 최강철은 복싱광인 그에게 삶의 의미가 된 놈이었다.

반드시 이겨주기를 바란다.

이겨서 세계 최강으로 군림하며 오랫동안 그의 영웅으로 남아주기를 간절히 바랐다.

하지만 이번 경기는 상대가 너무 강하다.

*　　　　*　　　　*

정철호는 팀원들을 이끌고 이만석이 들어간 창고를 노려봤다.

집권당의 3선 의원인 이만석은 창원에 기반을 두고 있었는데 3공 시절에 정치에 입문한 후 내리 3선에 성공한 자였다.

그는 '제우스'에서 주시하고 있는 대표적인 친일파 중의 하나로 정철호가 계속 감시한 자였다.

유기춘과 정용범이 당하고부터 바짝 몸을 사렸던 놈들이 서서히 움직인 것은 집권당의 비호 아래 시간이 지나면서 국민들의 뇌리에서 사건이 지워지기 시작했을 때부터였다.

저번 달부터 주시하던 의원들의 회동이 다시 시작되었고 총선이 다가올수록 그 움직임이 점점 더 빨라졌다.

재밌는 것은 그들이 정체 모를 놈들과 만난다는 것이었다.

이만석의 움직임이 노출된 것은 놈의 사무실과 집에 도청을 해놨기 때문이다.

불법과 부정을 저지르는 자들의 특성은 자신의 안전을 위해 별짓을 다한다는 것이었다.

그렇기 때문인지 이만석은 움직일 때마다 비서관과 경호원들을 포함해서 차량을 2대로 움직였는데 오늘도 마찬가지였다.

문제는 오늘 그가 만나는 자들도 3명이 왔는데 움직임이 예사롭지 않았다.

분위기가 달랐다.

외국 사람들은 한국인과 일본인을 구별하기 힘들다고 하지만 양국 사람들은 행동과 생김새만 봐도 정확하게 구분하는 능력을 가지고 있다.

더군다나 사전 도청을 통해 놈이 만나는 자가 일본인이라는 것을 알고 있었기에 정철호는 3명의 팀원들을 데리고 이곳에 왔다.

일본인이되 평범한 신분으로 보이지 않았다.

몸매가 단단했고 차에서 내리는 모습에서 절도가 흘러넘쳤다.

"실장님, 혼자 들어가는데요?"

"일본 놈도 혼자 있지?"

"예, 따라온 두 놈은 밖에서 대기하고 있습니다."

"그럼 일단 친다. 넌 저놈들을 제압해. 창고는 내가 들어간다."

"알겠습니다."

정철호가 지시를 내리자 공수부대 출신인 정화용이 자리에서 벗어나 어둠 속에서 눈을 빛내고 있는 팀원들에게 손가락으로 사내들을 가리켰다.

그러자 두 명의 팀원이 자리에서 일어나 양쪽으로 나뉘어 감시하고 있던 놈들을 향해 다가가기 시작했다.

정화용이 가담한 건 이만석의 경호원들이 있는 쪽이었다.

일본 놈들은 둘이었지만 그쪽은 넷이나 되었기 때문이다.

그들이 다가서자 사내들 쪽에서 금방 반응이 나왔다.

"너희들 뭐야?"

"저승사자!"

정화용과 팀원들은 더 이상 입을 열지 않고 곧장 사내들을 덮쳤다.

빠르다, 그리고 파괴적인 공격이다.

몸을 날린 팀원들이 사내들을 쓰러뜨리기 시작했을 때 그 뒤를 따르던 정철호는 문을 열고 창고로 들어갔다.

창고 안에는 이만석이 일본 놈과 함께 의자에 앉아 뭔가를 이야기하고 있었는데 붉은빛 전등이 으스스한 분위기를 만들었기 때문에 음모의 냄새가 더욱 지독하게 느껴졌다.

정철호가 들어서자 이야기를 나누던 두 사람이 자리에서 벌떡 일어나는 게 보였다.

당황한 얼굴.

이만석의 시선이 정철호에게 급히 다가왔다가 바닥에 있는 두 개의 가방으로 향했다.

아마 본능적이었을 것이다.

바닥에는 제법 커다란 007가방이 두 개 놓여 있었는데 두 사람의 중간에 놓여 있었다.

이만석은 당황함을 감추지 못했으나 일본인의 표정은 금방 차갑게 가라앉았다.

"의원님, 아는 사람입니까?"

"나는… 모르는 사람이요."

"그렇다면 불청객이란 뜻이군요. 너, 누구냐?"

일본인의 시선이 이만석 쪽에서 떨어지며 정철호에게 날아왔다.

날카로운 눈빛.

푸르게 터져 나오는 놈의 시선에서 무도자의 모습이 흘러나오는 걸 보며 정철호의 표정이 슬쩍 굳어졌다.

이미 밖은 정리가 되었는지 싸우는 소리가 멈춰 있었다.

"나? 지나가던 사람."

"지나가던 사람이라, 용건이 없으면 그냥 가는 게 어떻겠나. 여기서 일을 키우지 않는 게 좋을 거야. 밖에 똘마니들을 데리고 온 모양인데 그냥 가면 없었던 일로 하지."

"궁금해서 그러는데 너 정체가 뭐냐?"

"알면 죽어!"

"씨발 놈이, 좆 까고 있네."

일본인이 불쑥 앞으로 나서는 걸 보며 정철호의 다리가 교묘한 각도로 꺾이며 놈의 옆구리를 향해 날아갔다.

하지만 타격에 실패한 그의 공격은 허공을 갈랐을 뿐이다.

어느새 뒤로 물러선 일본인이 공중으로 붕 떠오르며 얼굴을 향해 돌려차기 해왔던 것이다.

역시 보통 놈이 아니다.

방어와 공격의 연환이 물 흐르듯이 자연스러웠고 발길질에 칼이 찌르는 듯한 예리함이 담겨 있었다.

그러나 정철호는 발길질 아래로 몸을 던지며 곧장 팔꿈치로 놈의 허벅지를 찔렀다.

빠악!

팔꿈치가 허벅지를 찌르는 순간 장작 나무가 도끼에 쪼개
지는 소리가 났다.

 일본인이 팔꿈치 공격에 균형을 잡지 못하고 신음을 흘려내
는 순간 정철호의 몸이 불쑥 다가서며 놈의 얼굴에 다시 한번
팔꿈치를 작렬시켰다.

 설명은 길었으나 단숨에 벌어진 일이었다.

 일본인을 쓰러뜨린 정철호는 옆에서 벌벌 떨고 있는 이만석
을 향해 몸을 돌렸다.

 그런 후, 저벅저벅 다가가 007가방을 들어 올렸다.

 정철호의 손에는 어느새 새파랗게 갈린 군용 단도가 들려
있었는데 그 끝이 이만석을 향하고 있었다.

 "암호!"

 "으… 2573……."

 대답을 들은 그의 손이 움직인 후 가방이 거짓말처럼 열렸
다.

 가방에 든 것은 예상했던 것처럼 돈이었다.

 그것도 만 엔권 다발이 빽빽하게 들어차 있었는데 세어보
지는 않았지만 대충 이 정도면 5억은 충분했고 가방이 두 개
였으니 10억이었다.

 "총선 비용을 받은 거로구만. 계좌로 보내는 게 어려워서
그랬던 모양이지?"

"살려주시오… 나는 국회의원이오. 나를 해치면 큰일 날 겁니다."

"아, 그러셔?"

"나와는 아무런 원한이 없으니 돈만 가지고 그냥 가시오. 나를 해칠 이유가 없잖소."

"그렇게 기세등등하던 국회의원 나리가 왜 이리 연약하실까, 왜, 이 칼로 당신을 찌를까 봐?"

"제발 살려주세요. 살려만 주면 무슨 짓이라도 하겠습니다."

"그렇지 않아도 손이 더러워질까 봐 그냥 갈 생각이었어, 하지만 내일이 되면 당신은 내가 아니라도 죽어."

"그건 무슨 소립니까?"

"일본 놈들 돈이나 받지 그랬어. 늙은이가 돈 욕심을 부리니까 명줄이 줄어들잖아. 조양건설에서 3억, 정풍에서 2억, 삼일사에서 2억 등등 짧은 시간에 참 많이도 해 처먹더만. 오리발 내밀 생각하지 말고 그냥 죽는 게 좋을 거야. 안 그러면 친일파라는 것까지 전부 까뒤집어서 자식들까지 죽여 버릴 테니까!"

"으……."

이만석의 얼굴이 어둠 속에서도 흙빛으로 변하는 게 보였다.

자신이 근래 하고 있던 비리를 전부 알고 있는 걸 보면 이 자들은 오랫동안 자신을 추적하고 있던 게 분명했다.

묻고 싶었다. 도대체 뭐 하는 자들이냐며 고함을 지르고 싶었다.

하지만 정철호는 뒤쪽으로 다가온 정화용을 향해 이미 몸을 돌리고 있는 중이었다.

"화용아, 다른 놈들은 내버려 두고 저 새끼만 챙겨가자. 도대체 뭐 하는 놈인지 정체를 알아봐야겠다."

국회의원들의 비리가 터지기 시작한 것은 최강철이 시합을 위해 구슬땀을 흘리고 있던 11월 초에 발생했다.

여당 쪽에 2명, 야당 쪽에 1명이었는데 기업들에게 불법으로 정치 자금을 받고 대가성 청탁을 관계 기관에 압력 행사했다는 것이었다.

의원들은 오리발을 내밀었지만 언론이 가지고 있는 자료가 너무 정확했고 심지어 돈을 받은 장면까지 사진으로 찍혀 있었기 때문에 구속을 면하기 어려웠다.

최강철이 하루 훈련을 마치고 제우스로 들어간 것은 저녁 8시 무렵이었다.

미리 가겠다는 연락을 했기 때문인지 김도환과 정철호는 사무실에 앉아 그를 기다리고 있었다.

시간이 갈수록 최강철을 대하는 그들의 태도는 더욱 정중해졌다.

"회장님, 어서 오십시오."

"신문 봤습니다. 일을 마무리 짓느라 고생하셨습니다."

"처음이라 먼저 잔챙이들만 쳤습니다. 대가리가 굵은 놈들은 조금 더 시간이 필요할 것 같습니다. 그 새끼들은 돈을 받아도 직접 움직이지 않고 청탁을 들어주는 것조차 지들이 직접 하지 않더군요."

"그래요?"

"다른 놈들을 시킵니다. 기업들에게는 돈을 받아 처먹지만 연결 고리는 다른 자들을 이용해서 끊어버리는 수법을 쓰고 있습니다."

"사장님, 그자들은 반드시 잘라내야 할 자들입니다. 잔챙이들만 솎아내서는 새로운 곁가지들이 계속 생겨날 겁니다."

"알고 있습니다. 무슨 수를 쓰든 회장님이 미국에 계실 동안 일을 마무리 짓겠습니다. 5개월이면 충분히 성과를 보여 드릴 수 있을 겁니다."

최강철의 우려에 김도환의 얼굴이 잔뜩 굳어졌다.

이제 남아 있는 놈들은 전부 국회에서 강한 영향력을 가진 놈들이었다.

여당의 중진들, 그리고 야당의 원내 대표를 비롯해 정치권에서 핵심 역할을 하는 자들이었다.

한심한 일이다.

일본을 위해서 일하는 자들이 그런 영향력을 지닐 때까지 아무런 견제조차 하지 못했으니 이 나라가 제대로 유지되는 것이 이상할 정도다.

김도환이 자신감을 보이고 있는 것은 어느 정도 그자들의 비리 패턴을 분석해 놨기 때문이다.

패턴만 알면 죽이는 건 일도 아니었다.

최강철의 고개가 돌아간 것은 김도환의 자신에 찬 대답을 들은 후였다.

그가 그렇게 자신감을 보일 수 있는 이유는 정철호가 이끄는 보안 팀의 맹활약이 있기 때문이었다.

보안 팀은 정보 팀의 손과 발이 되어 그들의 일거수일투족을 속속들이 파악하고 있었는데, 추적은 물론이고 도청과 알리바이 조사 등 검찰보다 더욱 강한 추진력을 보여주고 있었다.

"정 실장님, 그자들은 어떻게 했습니까?"

"지금 과천에 있습니다. 다음 주쯤 풀어줄 생각입니다."

"야마구찌 구미라고 했죠?"

"예, 회장님."

"일본 정치인들과 야쿠자가 손을 잡고 움직인다는 소문이 있었는데 사실이었군요."

"야쿠자들은 현재 양성화되고 있는 과정이라 정치권의 힘이 절대적으로 필요한 실정입니다. 정치인들도 마찬가지죠. 그들은 야쿠자들을 자신들의 칼로 이용하고 있습니다."

"야쿠자가 개입되어 있다면 조심해야 됩니다. 앞으로 일을 하실 때 요원들 안전에 최선을 다해주세요."

"걱정하지 마십시오, 회장님."

"저는 다음 주에 미국으로 넘어갑니다. 이번에 가면 3월까지 머물다 돌아올 생각이니까 사장님께서 잘 마무리해 주세요."

"알겠습니다."

최강철이 일어서자 두 사람이 동시에 자리에서 일어나 문까지 따라 나왔다.

그들의 태도는 더없이 정중해서 가끔가다 최강철을 당황시킬 정도다.

*   *   *

동경, 긴자.

요시다가 야마구찌 구미의 2인자 마사끼를 만난 곳은 긴자에서도 가장 번화가에 있는 비밀 요정이었다.

이곳은 야마구찌 구미가 운영하고 있었는데 정치인들과 기업가들에게만 출입을 허락할 정도로 비밀리에 운영되었다.

야쿠자, 특히 야마구찌 구미의 사회적 위치는 대한민국의 폭력 조직과 그 위상이 비교할 수 없을 정도로 커다란 차이가 있다.

　그들의 조직원수는 무려 5만 명에 달했고 운영하는 기업체에서 벌어들이는 수입은 카운팅이 어려울 만큼 천문학적이라 알려져 있었다.

　날카로운 눈빛을 지니고 있는 마사끼는 차기 오야붕 자리에 오를 거라 예상되는 잠룡 중의 한 명으로 동경을 기반으로 하는 시미사파의 적통이었다.

　시미사파는 야마구찌 구미를 이루고 있는 수많은 계파 중에서 가장 세력이 컸고 전투부대의 숫자와 능력이 다른 파를 압도한다고 알려져 있었다.

　하지만 그런 마사끼도 요시다를 대하는 태도가 더없이 정중했다.

　그들은 여자를 들이지 않았다.

　이곳 요정의 여인들이 일본에서 가장 아름답다고 알려져 있으나 주빈인 요시다가 말없이 술만 들이켰기 때문에 마주 앉은 마사끼는 여자들을 부를 생각조차 하지 못했다.

　한동안 술만 마시던 요시다의 입이 열린 건 마사끼가 술을 더 시키기 위해 벨을 누르려 할 때였다.

　"마사끼 상, 탈취된 금액이 전부 얼마죠?"

"1억 엔 정도 됩니다."

"많군요. 내가 듣기로는 2명이 잡혔다고 하던데 그들은 어찌 되었습니까?"

"아직… 지금 행방을 쫓고 있는 중입니다."

"그것참……."

손에 들고 있던 술을 입안으로 털어 넣은 요시다가 탁자를 통통 두드렸다.

그가 뭔가를 생각할 때 늘 하던 버릇이었다.

"마사끼 상, 당신 생각에는 어떤 놈들 짓인 것 같습니까?"

"한국의 조직들을 전부 조사했지만 전혀 나오지 않더군요. 당한 놈들에게 들어보니 습격해 온 놈들은 조직에 있는 놈들과 분위기가 달랐다고 합니다. 그래서 저희들은 군 쪽에서 움직인 게 아닌가 하는 생각을 하고 있습니다."

"그럴 리가요. 한국 정부는 그런 일을 할 만큼 배짱 있는 놈이 없어요. 내가 아는 한국군은 임의대로 움직이지 못합니다. 정권을 잡은 자들은 쿠데타를 성공시킨 전력이 있기 때문에 서울 근방 부대와 특수부대들은 전부 측근들로 채워져 있단 말입니다. 그런 놈들이 우릴 건드린다는 건 불가능에 가까운 일이에요."

"그렇긴 합니다. 지금 한국에서 정권을 잡은 자들은 일본의 도움이 없었다면 정권을 잡기 힘들었으니까요."

마사끼가 인상을 찡그리며 대답했다.

막상 군에서 움직였을지도 모른다는 추측이 요시다의 말에 의해 단박에 날아가 버리자 인정을 하면서도 가슴이 답답해져 왔다.

사건이 일본에서 벌어졌다면 단 며칠 만에 놈들의 정체를 밝혀냈겠지만 바다 건너 한국에서 벌어졌으니 걸리적거리는 게 한두 가지가 아니었다.

그럼에도 그의 표정은 금방 원상태로 돌아왔다.

여기서 서투르게 감정을 나타내는 것은 바보 같은 짓이다.

눈앞에 있는 자는 일본 정치의 핵심 요직에 있는 자이고 그 뒤에는 더욱 거대한 산이 버티고 있었으니 조심할 필요성이 있었다.

다행스럽게 요시다의 얼굴에는 불쾌함이 담겨 있지 않았지만 입에서 나온 것은 독촉이었다.

"서두르세요. 어르신의 진노가 대단합니다. 어르신께서는 애써 한국에 마련해 놓은 조직이 무너지는 걸 원치 않습니다. 최대한 빨리 배후를 캐내어 소멸시켜야 합니다."

"무조건 찾아내겠습니다. 돈을 가져갔으니 환전을 해야 할 것이고 그리되면 꼬리를 잡아낼 수 있습니다. 저희 오야붕께서는 전 조직을 동원해서라도 최대한 빨리 놈들을 찾아내라며 역정이 크셨습니다. 의원님, 야마구찌 구미는 명예를 생명처럼 압니다. 도전한 놈들은 어떤 수를 쓰더라도 철저히 응징하는 게 저희 조직의 철칙입니다. 우리가 지닌 최강 조직을 동원해서 놈들의 목을 따 올 테니 조금만 기다려 주십시오."

*   *   *

최강철의 출국이 다가오면서 대한민국은 술렁이기 시작했다.

비록 아직 시합이 2달이나 남아 있었지만 그가 출국한다는 사실 하나만으로도 전국이 발칵 뒤집혔다.

방송의 생명은 시청률이고 그 시청률은 국민들의 관심사로부터 나온다.

그랬기에 MBC에서는 최강철의 출국으로 국민들의 관심이 집중되자 기회를 놓치지 않고 특집 방송을 마련했다.

이번 특집 방송은 그동안 진행해 왔던 딱딱한 방식에서 벗어나 유명한 연예인들을 출연시켜 전문가들과 이야기 나누는 방식을 적용시켰다.

아이디어를 내놓은 것은 이창래였다.

그는 이번 경기의 중계 방송을 무리 없이 따냈는데 저번 방어전을 KBS에 양보해 준 것이 가장 큰 이유였다.

세상은 같이 먹고살아야 탈이 생기지 않는 법이다.

그동안 최강철의 도움으로 독점 중계 방송을 했지만 KBS의 불만이 폭발 직전이었기 때문에 이창래는 경영층을 설득해서 향후의 경기는 한 번씩 나눠 먹는 것으로 이면 계약을 했던 것이다.

처음 시도하는 포맷이었기에 이창래는 직접 스튜디오까지 내려와 들어오는 연예인들을 마중했다.

오늘 출연하는 연예인은 일요 드라마 '청춘'에서 주인공으로 나와 인기를 끌고 있는 김준혁과 댄스 가수 박석진, 그리고 새로 방영되는 '뉴욕의 사랑' 여주인공 미녀 탤런트 유진선이었다.

그들을 섭외하게 된 배경은 대중들에게 인기를 지녔다는 것과 최강철의 광팬들로 상당한 복싱 지식을 가졌다는 것이었다.

특히 유진선은 미모의 여자 탤런트임에도 얼마나 최강철을 좋아했는지 전문가들 정도만 알 정도의 복싱 룰까지 줄줄 꿰고 있을 정도였다.

프로그램의 진행은 이종엽과 윤근모가 맡았다.

새로운 포맷을 시도했지만 그들을 빼고는 최강철 특집 방송을 제작한다는 건 상상할 수도 없는 일이다.

두 사람은 최강철의 주요 경기를 거의 다 중계했기 때문에 시합 진행 과정은 물론이고 현지 분위기도 가장 많이 아는 사람들이었다.

이종엽의 오프닝 멘트가 시작되는 순간 담당 PD의 얼굴이 잔뜩 굳어져 있는 게 보였다.

지금까지 복싱 특집 방송을 하면서 이런 포맷은 처음이었기 때문인지 그의 얼굴은 붉게 상기되어 있었다.

"전국에 계신 시청자 여러분, 오늘은 최강철 선수와 로이드 허니건 선수의 대결을 맞이하여 두 선수의 장단점을 분석하고 이 경기를 기다리는 국민들의 반응을 초대 손님들과 함께 알아보는 시간을 갖겠습니다. 먼저 출연자분들을 소개드리겠습니다."

이종엽이 신호를 보내자 출연자들이 자신의 소개를 해나갔다.

사실 예의에 불과한 것이다.

대한민국 국민치고 모르는 사람이 없을 만큼 유명한 사람들이었으니 그들의 소개는 형식적인 것에 불과했다.

출연자들의 인사가 끝나자 이종엽의 능숙한 진행이 이어지기 시작했다.

"이틀 후, 최강철 선수가 허니건과의 대결을 위해 미국으로 출국하는데요. 막상 출국 소식이 알려지자 대한민국 전체가 엄청난 긴장감에 사로잡히기 시작했습니다. 김준혁 씨 주변의 반응은 어떻습니까?"

"정말 난리가 아닙니다. 촬영장에서도 온통 최강철 선수의 시합 얘기뿐이에요. 특히 저는 최강철 선수의 열렬한 팬이기 때문에 더욱 이 경기를 기다리고 있습니다."

"김준혁 씨는 왜 최강철 선수를 좋아하는 거죠?"

"아, 그렇게 물으시니까 조금 당황스럽네요. 최강철 선수를 좋아하지 않는 국민들이 있을까요. 하지만 굳이 이야기한다면 저는 그 사람의 인간성을 꼽고 싶습니다. 최강철 선수는 언제나 경이적인 복싱을 펼치며 사람들을 열광 속에 빠뜨립니다. 저는 허리케인의 경기를 볼 때마다 전율에 빠질 정도였어요. 그러나 더욱 저를 감동시킨 건 그의 솔직함과 사회에 대한 희생입니다. 파이트머니로 받은 돈을 전부 고아원과 장학금으로 쏟아붓고 있는 게 과연 일반인의 생각으로 가능한 것일까요. 더군다나 자신은 아직 전셋집에 살면서 그런 행동을 한다는 건 말도 안 되는 일이에요. 그는 정말 존경받아 마땅한 사람입니다."

"그렇죠, 그렇습니다. 그럼 이번에는 유진선 씨에게 묻겠습니다. 유진선 씨는 여자분인데 최강철 선수의 경기를 지금까지 한 번도 빼놓지 않고 봤다면서요?"

"예, 저는 최강철 선수가 챔피언이 되기 전부터 봤어요."

"여자분이 복싱 경기를 그렇게 좋아하는 건 드문 일인데요. 무슨 계기가 있었나요?"

"북미 타이틀전 시합을 우연하게 본 것이 계기였어요. 저는 그때 최강철 선수의 경기를 보면서 정말 충격을 받았는데 시합에서 이기고 두 팔을 번쩍 드는데 얼마나 멋있던지. 그때부터 허리케인의 경기라면 무조건 봤어요."

"그렇군요. 박석진 씨도 엄청난 광팬이라고 알려졌는데요. 이번 경기 어떻게 될 것 같나요?"

"저는 무섭습니다. 허니건이 워낙 강해서 혹시라도 최강철 선수가 질까 봐 지금부터 떨고 있어요."

"허니건 선수의 경기를 봤습니까?"

"봤습니다. 텔레비전에서 방송해 준 방어전을 전부 봤는데 정말 어마어마하더군요. 저는 사람들이 왜 그 선수를 야수라고 부르는지 이해하지 못했는데 막상 경기를 보니까 알겠더군요. 하지만 저는 결국 최강철 선수가 이길 거라고 생각해요. 허리케인은 야수의 공포를 충분히 휩쓸어 버릴 겁니다."

"하하, 이야기 잘 들었습니다. 자, 그럼 지금부터 양 선수의 동영상을 보면서 이야기를 나눠보겠습니다."

본격적으로 프로그램이 진행되면서 경기 영상이 나오기 시작했다.

새로운 시도답게 담당 PD는 출연자들이 대화를 나눌 수 있도록 경기 장면 중간중간 화면을 스톱시키는 기술을 적용했다.

그때마다 이종엽과 윤근모는 출연자들의 의견을 물으며 흥미를 끌어 올렸다.

의도적이다. 그들은 전문가가 아니었고 국민들의 눈높이에서 대답했으니 시청자들의 공감을 충분히 끌어낼 수 있었다.

프로그램이 끝을 향해 다가가면서 진행자와 출연진들은 최강철의 승리를 기원하는 쪽으로 이야기를 집중시켰다.

화면에서는 거리에 나가 인터뷰한 국민들의 반응을 고스란히 담긴 화면을 내보냈기에 현장감이 팍팍 살아났다.

"드디어 이틀 후 최강철 선수가 결전이 벌어지는 미국으로 떠납니다. 국민 여러분의 간절한 성원처럼 최강철 선수가 이겨주기를 바랍니다. 혹시 여기 계신 분들 중에 공항으로 배웅 나가시는 분 있나요?"

프로그램을 끝내며 재미로 던진 질문이었다.

미리 대본에 적혀 있지 않았지만 이종엽이 가는 길에 던진 질문이었다.

그때 유진선의 입에서 전혀 생각하지 못했던 대답이 흘러나왔다.

"저는 배웅이 아니라 최강철 선수와 같이 가요."

"그게 무슨 말씀이시죠?"

"제가 출연하는 드라마가 뉴욕 쪽에 촬영이 잡혀 있는데 공교롭게도 최강철 선수와 함께 타고 간대요. 정말 대박이죠?"

"우와, 그렇다면 유진선 씨 가는 길에 최강철 선수와 인터뷰 좀 해주세요. 명예 기자로 임명해 드리겠습니다."

"정말요?"

*　　　　*　　　　*

장난하다 애 밴다는 말이 있다.

남녀가 아무 감정 없더라도 한 방에 놓아두면 장난을 치다가 눈이 맞아 사고를 친다는 뜻이다.

그만큼 남녀 관계는 하나님도 모를 만큼 미묘하다는 걸 나타내는 표현이었다.

유진선은 방송에 나가 유쾌한 시간을 보내다가 진행자의 말에 대답한 것이 씨가 되어 진짜 리포터 임무를 부여받았다.

MBC의 국장이 방송을 끝내고 나온 그녀에게 뉴욕까지 가는 동안 최강철을 관찰하고 가능하면 인터뷰와 사진까지 찍어달라는 부탁을 했던 것이다.

망설이지 않았다.

최강철과 같은 비행기를 탄다는 것 자체가 영광이었고 하늘이 준 기회였으니 그녀는 이 기회를 그냥 날리고 싶지 않았다.

최강철은 그녀가 꿈꾸는 이상형이었다.

언제부턴가 최강철의 시합을 보면 가슴이 사시나무 떨리듯 떨렸는데 처음에는 몰랐지만 그것이 짝사랑이라는 걸 나중에야 알았다.

꿈속에서 나오는 백마 탄 왕자다.

지금까지 텔런트로 활동하면서 수없이 멋진 남자들을 만났지만 자신의 마음을 송두리째 뺏어간 남자는 그가 처음이었다.

그럼에도 안 된다는 건 안다.

그는 국민들의 영웅이었고 이미 사랑하는 사람이 있다는 걸 알기 때문이다.

그럼에도 대화를 나눠보고 싶었다. 그와 단 한 번만이라도 이야기를 할 수 있다면 그것만으로도 그녀는 원이 없다는 생각을 했다.

그런 마당에 방송국에서 이런 돗자리를 깔아줬으니 춤이라도 추고 싶을 정도로 기뻤다.

그녀의 이번 일정은 보름으로 계획되어 있었다.

그녀가 출연하는 '뉴욕의 첫사랑'를 촬영하기 위함인데 뉴욕 곳곳을 돌아다니며 촬영할 계획이었다.

뛰는 가슴을 간신히 숨기며 공항으로 향했다.

그녀가 오랫동안 짝사랑 해왔던 남자를 드디어 만난다는 생각을 하자 가슴이 떨려 숨쉬기가 어려울 정도였다.

최강철과 같은 비행기를 탄다는 말이 전해지자 친구들과 동료 연예인들은 놀라움과 부러움, 그리고 질투를 숨기지 못했다.

"진선아, 절대 강철 씨 유혹하지 마라. 해도 시합 끝내고 해. 알았지?"

"일단 연락처부터 받아봐. 어쩌면 인연이 닿을지 몰라. 사람 일은 어떻게 될지 모르는 거잖아."

"아우, 계집애. 좋겠다. 나도 그 사람 엄청 좋아하는데."

여자들이라 그런지 생각이 오직 한쪽 방향으로만 움직였다.

다른 사람도 아닌 최강철이다.

최근 3년 동안 최강철은 여자들이 원하는 이상형 1위에서 한 번도 내려온 적이 없을 정도였는데 어떤 남자도 그 아성을 위협하지 못했다.

공항에 도착한 후 '뉴욕의 첫사랑' 스태프들과 출연진들을 만나기로 한 장소로 걸어갔다.

하지만 그녀를 알은척하는 사람은 하나도 없었다.

이미 공항은 난리가 아니었는데 구름 같은 사람들이 한곳을 향해 시선을 주고 있었다.

깊은 한숨이 저절로 흘러나왔다.

그녀 역시 모든 사람이 알아보는 스타였으나 공항에 있는 사람들은 아예 그녀를 쳐다볼 생각조차 하지 않았다.

사람들의 시선이 모인 곳에는 최강철이 기자들에게 둘러싸여 무슨 말인가를 하고 있는 중이었다.

전쟁 같았던 공항 행사를 뒤로하고 비행기에 올랐다.

언제나 마찬가지였지만 자신의 승리를 기원하는 대한민국 국민들의 열망은 정말 대단했다.

VIP용 출국심사대를 거쳐 비행기로 가는 동안 윤성호와 이성일은 지쳤는지 입을 열지 않았다.

그렇기도 할 것이다.

최강철을 보호하기 위해 이리 뛰고 저리 뛴 시간들이 거의 2시간이나 되었으니 지칠 만도 했다.

하지만 두 사람의 침묵은 그리 오래가지 못했다.

"강철아, 저 사람 유진선 아니냐?"

"맞는 것 같네."

"우와, 피부가 장난 아니야. 예술이다, 예술."

"인마, 조용히 해. 듣겠다."

"얘가 그런다고 조용하겠니. 예쁜 여자라면 환장하잖아."

"허이구, 관장님이 언제부터 성자가 되었다고 그런 말씀을 하세요. 장가가면 그렇게 되나 보죠?"

"야, 일단 앉아. 우리 사람들이 보는 데서 다투지 말자."

윤성호가 사람들의 눈치를 보면서 가방을 올리고 의자에 앉자 이성일이 승리의 웃음을 지으며 털썩 주저앉았다.

얼마 못 간다.

그렇게 지쳐서 금방이라도 쓰러질 것 같던 그들은 연예인들을 보자 정신을 차리지 못했다.

"강철아, 민원기도 있다. 저 친구 정말 잘생겼네."

"이 자식아, 그런데 왜 눈은 다른 쪽에 가 있어!"

"흐흐… 그건 본능이야."

"잘하는 짓이다. 그런데 예쁘긴 예쁘다. 탤런트라서 그런가, 일반인들과 피부가 다른 것 같아. 그렇지?"

"그럼, 그럼. 어?"

옆자리에 앉아 있던 이성일이 말을 하다 기겁을 하면서 몸을 경직시켰다.

아주 노골적으로 바라보던 그의 시선은 얼어붙다시피 했는데 유진선이 자리에서 일어나 그들을 향해 다가왔기 때문이었다.

비즈니스석이라 봐야 몇 석 되겠는가.

아마, 그녀가 그들의 대화를 들었는지 모른다.

하지만 이성일과 달리 최강철은 다가오는 그녀를 바라보며 시선을 거두지 않았다.

"안녕하세요. 최강철 선수를 뵙게 되어 영광이에요."

"반갑습니다. 유진선 씨죠?"

"아… 저를 알아보시다니 정말 감격스러운데요."

"전화 받았습니다."

"예?"

"이창래 국장님이 전화했어요. 오늘 비행기에서 유진선 씨를 만날 거라고 하더군요. 잘 대해달라고 신신당부했습니다."

"정말요?"

"그 형님은 저와 인연이 있는 분이에요. 그래서 제가 꼼짝 못 해요."

"저기……."

유진선이 최강철의 말을 듣고 눈을 돌리자 이성일이 불에 덴 것처럼 깜짝 놀라며 몸을 일으켰다.

그녀가 자신을 바라보며 말을 붙였기 때문이다.

결혼을 약속한 여자가 있지만 이런 상황은 그런 것과 전혀 상관이 없다.

가까이서 본 유진선은 여자가 아니라 천사였기 때문에 그는 아예 죄책감조차 갖지 않았다.

"왜 그러세요?"

"죄송하지만 저와 자리를 바꿔주시면 안돼요?"

"어으… 왜요?"

"최강철 선수 옆에서 같이 가고 싶어서 그래요. 제 꿈이 최강철 선수와 이야기를 나눠보는 거였어요. 그러니까 부탁드려요."

"공짜로는 안 되는데요."

순순히 물러설 놈이 아니다.

이성일은 절대 그냥 물러서지 않겠다는 듯 의자를 양손으로 꽉 붙잡고 버텼다.

하지만 시간이 지날수록 몸에서 힘이 빠지더니 슬그머니 자리에서 일어나고 말았다.

그녀가 간절한 눈빛으로 말없이 자리에서 일어날 때까지 그를 바라봤기 때문이다.

허니건의 캠프는 애리조나 '스콜피온파크' 였다.

'스콜피온파크'는 공원이 아니라 애리조나에서 가장 유명한 복싱 체육관이었다.

그들은 이곳에서 3개월 전부터 캠프를 차렸는데 허니건은 '카멜 백'을 벌써 10여 차례나 올랐다.

'카멜 백'은 애리조나에 있는 산으로 높지는 않지만 동쪽 등산로는 험악한 것으로 유명했는데, 그가 오른 것은 동쪽 루트 중에서도 가장 험난한 코스였다.

그냥 오른 것이 아니라 모래주머니를 채우고 구보로 달리는 혹독한 훈련이었다.

허니건은 이번 전쟁을 자신의 복싱 인생을 건 최후의 결전이라고 생각했다.

그가 판타스틱4에 포함되지 않은 이유는 자신의 경기 스타일이 너무 무자비하다는 것도 있었지만 그들이 자신을 피했기 때문이다.

만약 그들이 자신을 피하지 않고 싸웠다면 복싱 역사상 커다란 족적을 남길 수 있었다는 게 그의 판단이었다.

세상에서 위대한 족적을 남기는 영웅은 언젠가는 동쪽에서 떠오르는 태양처럼 그 이름을 남긴다.

피한다고 해서 피해지는 것이 아니란 뜻이다.

드디어 기회가 왔다.

허리케인이라 불리는 최강철은 이해하지 못할 정도로 많은 인기를 끌고 있었는데 최근 들어서는 판타스틱4의 인기를 넘어서고 있다는 평가를 받고 있었다.

놈을 잡으면 된다.

허리케인만 잡으면 자신의 복싱 인생은 마지막 불꽃을 불태운 후 영광스럽게 마무리될 수 있을 것이다.

부상을 당한 후 한 차례 방어전을 치르며 시간을 확보한 것은 허리케인을 완벽하게 때려잡기 위함이었다.

당장 부딪혀도 진다는 생각을 해본 적이 없지만 그는 오랫동안 자신을 보살펴 온 스태프들의 의견을 받아들여 시간을 확보했다.

어차피 허리케인과 그의 결전은 오래전부터 정해져 있던 것이나 마찬가지였다.

그랬기에 방어전이 끝나고 시합이 결정되자 곧바로 캠프를 차리고 훈련을 시작했다.

사람은 언제나 마지막이란 생각을 가지면 최선을 다한다.

그것이 자신의 영광과 직결된 것이라면 남자는 목숨까지 걸 각오가 되어 있다.

물론 모든 사람이 그런 건 아니겠지만 허니건은 그런 각오로 훈련에 임했다.

통합 챔피언.

자신이 이미 한번 차지했던 영광이었기에 더욱더 그 자리에 오르고 싶었다.

더불어 허리케인이 차지하고 있는 인기를 때려 부숴 진정한 챔피언이 자신임을 전 세계에 알리고 싶었다.

전문가들이 팽팽한 경기를 예상했다는 게 너무나 화가 났다.

그런 애송이와 자신을 동등한 수준으로 본다는 것은 자신의 복싱을 모욕하는 것과 다름이 없었다.

"허니건, 최강철의 특기는 인파이팅이지만 분명 그놈은 너와의 대결에서 아웃복싱을 구사할 거다."

"그렇겠죠. 죽지 않으려면 그 전략을 들고 나올 겁니다."

"하지만 다른 전략을 가지고 나올 수도 있어. 놈은 카멜레온 같은 놈이야. 마크 브릴랜드때의 작전, 프레드 아두, 듀란전에서 놈은 전부 다른 작전을 구사했어. 한 번도 같은 작전을 쓰지 않았다는 말이야."

"그래서요?"

"우리는 놈이 아웃복싱을 할 거라는 데 의견을 모았지만 그 놈이 펼치는 인파이팅에도 대비를 해야 해. 특히 초단거리에서 펼치는 인파이팅을 집중적으로 부수는 훈련을 해야 한다."

"그걸 쓰는 순간 놈은 죽습니다. 내 스타일을 안다면 절대 선택할 수 없는 전략이에요."

"알아, 그래도 모르니까 준비해서 나쁠 건 없다."

허니건의 말에 그의 수석 트레이너인 스탈링이 피식 웃음을 지었다.

맞는 말이다.

허니건의 강력한 피지컬 앞에서 그런 전략을 쓴다면 최강철은 5회를 버티지 못하고 쓰러질 것이다.

그럼에도 모든 가능성을 염두에 두고 준비할 필요성이 있었다.

이번 통합 타이틀전은 허니건과 그의 꿈이 동시에 걸린 일전이었으니 조금의 빈틈도 남기지 않을 생각이었다.

"너도 알겠지만 그놈은 듀란의 팬케이크에 걸려서 고전을 면치 못했어. 놈의 아웃복싱을 잡는 건 그 방법뿐이야."

"준비한 건 있습니까?"

"네가 체력 훈련을 하는 동안 우리 스태프들은 놈의 움직임을 면밀하게 관찰하고 그에 맞는 '팬케이크 스텝'을 만들어냈다. 너는 내일부터 그것을 훈련해야 된다."

"알았습니다."

"허니건, 놈의 아웃복싱을 우습게 보면 절대 안 돼. 사람들이 너를 야수라고 부르지만 내가 봤을 때 그놈 역시 야수다. 24전을 전부 KO승으로 끝냈다는 걸 잊지 마라."

"스탈링, 그놈은 내 상대가 아닙니다. 그 자식이 얼마나 강한지는 생각하고 싶지 않습니다. 나는 내 복싱으로 그놈을 쓰러뜨릴 겁니다."

"그래야지, 당연히 그래야지. 그러기 위해서는 넌 지금부터 우리가 준비한 전략을 소화해야 된다. 허니건, 너는 해낼 수 있어. 전 세계 인간들에게 보여줘. 네가 세계 최고라는 걸 말이야!"

*   *   *

최강철의 레드불스 입성은 미국 언론을 집중시키기에 충분했다.

미국의 유수한 언론들은 전부 레드불스 근처로 집결되었는데 아직 시합이 2개월이나 남았는데도 최강철을 취재하기 위해 집까지 구하는 사례가 속출했다.

그만큼 최강철과 허니건의 통합 타이틀전은 전 세계적으로 엄청난 관심을 받고 있었다.

비행기에서 만난 유진선은 정말 특별한 여자였다.

자신에 대한 관심과 사랑을 가감 없이 솔직하게 말했는데 여자로서 하기 어려운 말들도 불쑥불쑥 뱉어내어 그를 당황시켰다.

"저는 최강철 선수를 짝사랑하고 있어요. 이렇듯 저를 매료시킨 남자는 당신이 처음이었어요. 당신에게 사랑하는 사람이 있다는 거 잘 알아요. 하지만 말하고 싶었어요. 이렇게 말하지 않고 떠나면 남은 제 인생 동안 후회할 것 같았거든요."

악수를 하며 떠나는 그녀의 얼굴이 아직도 잊히지 않는다.

세상에는 수없이 많은 사람이 있었지만 같은 성격 같은 얼굴은 하나도 없다더니 유진선은 행동으로 그것을 증명시켜 주었다.

어떻게 그럴 수가 있을까.

웃으며 떠나는 그녀의 얼굴에는 수많은 감정이 담겨 있었지만 사랑과는 다른 무언가가 포함되어 있었다.

그게 무엇인지는 모르나 사랑이 아닌 것만은 분명했다.

제프 카터가 날아온 것은 그들이 레드불스에 입성한 지 3일이 지났을 때였다.

그는 오래 머물지 않았다.

어차피 최강철 팀은 자신을 필요로 하지 않을 정도로 끈끈한 팀워크를 가지고 있었기 때문에 그는 그동안 허니건을 분석했던 자료와 자신의 전략을 설명해 주고 이틀 만에 떠났다.

"허니건은 분명 진화된 '팬케이크'를 가지고 나올 거야. 자네의 아웃복싱을 완벽하게 때려잡기 위해서는 그 방법밖에 없다는 걸 잘 알 테니까 말이야. 그놈은 강력한 인파이팅을 펼치는 놈이다. 듀란보다 더 지독하고 강력하지. 허니건이 진짜 '팬케이크'를 가지고 나온다면 위험해질 수밖에 없어."

"해결 방법은 있습니까?"

"내가 생각한 건 이거야. 하고 안 하고는 자네 팀이 결정할 일이니까 나는 조언만 하고 떠나겠네. 그리고 성일이가 준비한 전략도 재밌더군. 허리케인, 이겨주게. 나는 이번에도 자네가 새로운 전설을 써 내려갈 거라 철석같이 믿고 있어. 부탁하네!"

떠나는 그의 얼굴에는 웃음이 담겨 있었지만 불안감을 숨기지 못했다.

그만큼 허니건의 복싱 스타일이 최강철과 상극을 이룬다는 뜻이었다.

　그가 남긴 보고서는 무려 50장이 넘었는데 허니건의 단점과 장점, 그리고 그가 만들어낸 최종 전략이 포함되어 있었다.

　　　　*　　　　　　*　　　　　　*

　시간은 빠르게 지나갔다.

　누군가에게는 땀을, 누군가에게는 눈물을, 누군가에게는 슬픔과 기쁨을 선사해 주는 시간의 흐름은 사람마다 다른 의미로 다가오지만 언제나 공정하기도 하다.

　최강철은 레드불스로 넘어온 후 제프 카터와 이성일이 만든 전략을 소화하며 구슬땀을 흘렸다.

　이제 일주일 후면 세계 통일을 꿈꿔왔던 자신의 목표와 마주하게 된다.

　전문가들은 허니건을 '비스트'라 부르며 승패를 알 수 없는 팽팽한 경기가 될 것이라 예측하고 있었으나 최강철은 그에 대해 어떤 말도 꺼내지 않았다.

　"허리케인은 애송입니다. 내가 언제 경기를 끝낼 수 있냐고 물었습니까? 나는 거기에 대답하지 못하겠습니다. 그건 내가 결정하는 게 아니라 허리케인에게 달렸기 때문입니다. 내 편치를 얼마나 견딜 수 있는지 그에게 물어보시오."

허니건은 별명답게 거침없는 입담을 쏟아내고 있었지만 최 강철은 기자들의 질문에 그저 웃음만 지었을 뿐이다.

강한 자신감은 자칫 허풍으로 들릴 수 있다.

그러나 그것이 강력한 힘을 가진 자의 입에서 나온다면 공 포로 변하게 된다.

그랬기에 언론은 허니건의 연이은 선언을 여과 없이 기사로 내보내며 그의 승리를 조심스럽게 점치기 시작했다.

그 배경에는 도박사들의 움직임이 있었다.

최고의 배팅액과 승률을 자랑하는 도박사 패터슨이 언론과 의 인터뷰에서 허니건의 승리를 예측했기 때문에 현재 도박 시장은 허니건의 우세로 흐르는 중이었다.

더불어 최강철의 태도도 기자들의 기사 내용을 결정짓는 요인으로 작용했다.

허니건의 도발에 쓴웃음을 지으며 원론적인 대답만 하는 그의 태도에서 기자들은 실망감을 숨기지 않았다.

"이번 경기는 진정한 통합 타이틀전입니다. 저는 이번 시합 에서 최선을 다해 노력하고 있습니다."

훈련을 마치고 숙소로 들어온 일행은 최대한 편안한 자세 로 널브러졌다.

하루 종일 고된 훈련을 마치고 집으로 돌아오면 그들은 언제나 이런 자세로 휴식을 취했다.

기자 인터뷰는 한 달에 한 번만 했고 어제가 마지막 인터뷰였다.

윤성호는 집으로 들어온 후 신문을 펼쳤다.

신문에는 양 선수의 인터뷰 내용이 적나라하게 실렸는데 기자는 묘하게 허니건의 우세를 점치고 있었다.

하긴, 그건 뉴욕타임지뿐만 아니라 대부분의 신문과 방송들이 마찬가지였다.

그랬기에 신문을 본 윤성호의 표정은 잔뜩 일그러졌다.

"이 자식들 변덕이 죽 끓는 듯하는구만. 언제는 허리케인이 최고라더니 이제는 금방 쓰러질 것처럼 써놨네."

"강철이가 인터뷰하면서 제대로 응해주지 않았기 때문이에요. 기자들도 사람이잖습니까. 제대로 응해주지 않으면 지들 마음대로 갈긴다니까요."

"맞아, 이 모든 게 관장님 탓이야."

이성일이 입을 주욱 내밀며 주절거리자 최강철이 맞장구치며 윤성호를 째려봤다.

윤성호의 엉덩이가 단박에 들썩였다.

그는 최강철의 시선을 받자마자 도저히 억울해서 참지 못하겠다는 듯 소리를 버럭 질렀다.

"그게 나 혼자만의 생각이었냐. 우리 전부 그렇게 하기로 결정한 거잖아. 특히 성일이! 모든 작전 구상은 성일이가 다 한 거라고. 안 그러니?"

"전 잘 모르겠는데요."

"야, 이 자식아. 우리 작전을 노출시키지 않으려면 최대한 허니건을 방심시켜야 한다고 말한 건 너잖아!"

"그건 그냥 혼자 해본 소립니다."

"우와, 미치겠네."

윤성호가 주먹을 번쩍 치켜들자 이성일의 엉덩이가 자동으로 후퇴했다.

적의 공격에 더없이 최적화된 회피 기동이었다.

최강철의 입이 열린 건 두 사람이 몸싸움을 벌이며 투닥거리고 있을 때였다.

"그 자식 인터뷰하는 걸 보니까 아주 날 똥개 취급하더군요. 관장님, 난 더 이상 못 참아요. 공식기자회견에도 그렇게 나오면 박살 낼 거니까 말리지 마세요."

*   *   *

미국의 3대 방송 중 하나인 NBC는 입찰을 통해 세기의 빅매치 통합 타이틀전의 중계권을 따내는 행운을 거머쥐었다.

이런 빅 매치의 중계권을 따냈다는 것은 단순한 방송국의 인지도 향상만 있는 것이 아니라 엄청난 금액의 수익 확보가 동반되기 때문에 회사 측은 축제 분위기에 빠질 수밖에 없었다.

벌써 메인이벤트의 광고는 평소보다 5배 비싼 가격으로 3달 전 이미 전부 판매가 끝난 상태였고 두 선수에 관한 특집 방송을 만들 때마다 광고가 물밀듯 밀려들었기 때문에 광고 담당 이사의 입이 귀에 걸릴 정도였다.

물 들어올 때 노 저으라는 말이 있다.

기회를 잡았을 때 최대한 노력해서 많은 성과를 이뤄야 한다는 뜻이다.

그건 서양과 동양을 막론하고 적용되는 진리였기에 NBC는 지금까지 3차례의 특집 방송을 마련해서 광고 수익을 챙겼다.

프로그램의 특성은 조금씩 바뀌었다.

처음에는 두 선수의 경기 영상 하이라이트를 방송했지만, 두 번째는 선수들의 주 무기들을 조명했고, 세 번째는 지금까지 상대했던 선수들을 분석하며 양 선수의 장단점에 대해 의견을 나눴다.

그리고 오늘.

마지막 특집 방송을 마련한 NBC는 시간이 날 때마다 예고 방송을 때리며 시청률을 올리기 위해 안간힘을 썼다.

―세기의 빅 매치, 승자는 과연 누구인가?

오늘의 주제는 바로 전문가들을 출연시켜 승자를 예측하는
것이었다.

출연자는 북미 복싱계에서 둘째가라면 서러워하는 전문가
들이었는데 한 명은 핸드릭슨이었고 맞은편에 앉은 자였다.

핸드릭슨은 복싱 전문지 '링'의 고문으로 주요 타이틀전의
관전평을 도맡아 쓸 정도였고 지미 렉스는 레너드가 속했던
'피닉스 클럽'의 기술 자문으로 근무하며 7명의 세계 챔피언
전략 전술을 담당했던 사람이었다.

앵커인 해리스 홀던의 진행 능력은 NBC가 보유한 아나운
서 중 최고다.

그가 주요 특집 방송의 앵커 자리를 독차지하고 있는 건 그
만큼 프로그램을 이끌어 나가는 능력과 출연자들을 교묘하게
자극시켜 시청자들의 흥미를 유발시키는 능력이 탁월했기 때
문이다.

프로그램의 진행은 최근 벌어진 양 선수의 하이라이트 영
상부터 시작되었다.

오프닝부터 강력한 임팩트를 심어주는 건 프로그램이 갖는
기본적인 패턴이었다.

"시청자 여러분. 오늘은 5일 후 허리케인과 허니건 선수가 벌이는 세기의 빅 매치, 그 승리를 예측하는 시간을 가져보겠습니다. 오늘 출연하신 전문가 두 분은 서로 다른 의견을 가지고 계신데요. 먼저 허니건의 승리를 장담하고 있는 핸드릭슨 씨에게 질문해 보겠습니다. 핸드릭슨 씨 허니건의 승리를 예측하고 계신데 그 이유에 대해서 설명해 주시겠습니까?"

"허리케인이 뛰어난 복서라는 건 우리 모두가 아는 사실입니다. 그는 화려한 복싱을 구사하며 현재 최고의 인기를 누리고 있습니다. 하지만 그는 허니건의 상대가 되지 않을 겁니다. 허니건은 특유의 더티 복싱 때문에 실력보다 훨씬 저평가된 대표적인 선수입니다."

핸드릭슨이 잠시 말을 끊고 앵커와 맞은편에 앉은 제미 렉스를 흘끔 바라보았다.

그런 후 곧바로 가지고 온 자료를 펼쳤다.

"그럼 지금부터 허니건의 승리를 예측하는 이유에 대해서 설명드리겠습니다. 화면에서 보는 것처럼 허니건 선수가 가장 무서운 점은 상대의 움직임을 통제하는 능력이 어떤 선수보다 뛰어나다는 것입니다. 특히 상대를 몰아넣고 퍼붓는 양 혹을 보십시오. 상단에서 내리꽂히기도 하지만 위로 돌고래처럼 솟구쳐 오르기도 합니다. 각도의 제약을 받지 않으며 자유자재로 구사할 수 있는 능력을 가진 것이죠……."

수염을 길게 기른 핸드릭슨은 자신이 준비한 자료 화면을 짚어가며 하나씩 설명해 나갔다.

허니건의 장점을 짚어나가는 그의 눈은 자신의 판단이 틀리지 않을 거란 확신이 잔뜩 담겨 있었다.

그의 설명은 거의 10분 동안 이어졌고 설명을 듣고 있던 앵커 해리스 홀던은 연신 고개를 끄덕이며 수긍하는 표정을 지었다.

그만큼 설득력이 있었기 때문이다.

하지만 핸드릭슨의 설명이 끝났을 때 그의 시선은 어느새 차분하게 가라앉아 있었다.

"정말 예리한 분석이었습니다. 핸드릭슨 씨의 설명을 들어보니 허니건 선수가 왜 엄청난 전적을 가지고 있는지 알겠군요. 핸드릭슨 씨, 만약 허니건 선수가 부상을 당하지 않았다면 통합 타이틀을 계속 지켰을까요?"

"그렇습니다. 그는 부상으로 인해 많은 것을 잃은 선수입니다. 그 당시 부상만 아니었다면 승승장구를 계속하며 복싱 역사에서 가장 강력한 챔피언으로 기록되었을 겁니다. 정말 아쉬운 건 레너드와의 한판 승부를 앞두고 있었다는 것입니다."

"슈가레이 레너드 말입니까?"

"그렇습니다. 그 당시 레너드는 무관이었기 때문에 어쩔 수 없이 허니건에게 도전해야 하는 입장이었어요. 어쩌면 레너드에게는 행운이었을 겁니다. 그만큼 허니건은 강력한 챔피언이었으니까요."

"알겠습니다. 그럼 이번에는 지미 렉스 씨의 말씀을 들어보 겠습니다. 지미 렉스 씨는 허리케인의 승리를 장담했는데 그 이유를 말씀해 주시겠습니까?"

"핸드릭슨 씨의 설명 잘 들었습니다. 하지만 핸드릭슨 씨가 간과한 것이 너무 많군요."

"그게 뭐죠?"

"핸드릭슨 씨는 최강철 선수가 단순히 화려한 경기를 하기 때문에 복싱 팬들의 사랑을 받는 거란 착각을 하고 있는 것 같습니다."

"그게 아닌가요?"

"제가 지금까지 지켜본 허리케인은 단순하게 화려한 경기를 하는 선수가 아닙니다. 허리케인이 이런 인기를 끌고 있는 건 그가 가지고 있는 투지가 그 어떤 선수보다 뛰어나기 때문입 니다. 그는 전사입니다. 그런 선수를 도망이나 다닐 거라 생각 했다는 것 자체가 오류의 시작입니다."

"상세하게 말씀해 주시겠습니까?"

"핸드릭슨 씨가 이미 말씀하신 것처럼 허니건 선수는 허리 케인의 아웃복싱을 잡기 위해 '팬케이크' 압박 전술을 들고 나 올 겁니다. 듀란에게 고전했던 것을 봤을 테니 그럴 가능성이 큽니다. 제 예상은 허니건 측에서 더 진화된 전략을 준비했을 거라는 겁니다. 하지만 허리케인 역시 그에 대한 준비를 했을 거예요. 듀란이 팬케이크 스텝으로 압박을 펼쳤지만 결국 허리케인에게 쓰러졌던 것을 우린 잊으면 안 됩니다. 그럼 지금부터 허리케인이 어떻게 듀란의 팬케이크를 무력화시켰는지, 허니건의 펀치가 왜 허리케인을 잡을 수 없는지에 대해 설명 드리겠습니다……"

핸드릭슨 못지않게 지미 렉스의 설명은 길었다.

그 역시 최강철에 관한 자료를 상세하게 준비했는데 펀치 기술과 콤비네이션의 패턴, 스텝의 특징과 전술들이 담겨 있었다.

해리스 홀던은 길었던 지미 렉스의 설명을 들으며 이전과 거의 비슷한 반응을 보였다.

분석은 분석에 그치는 것이고 경기 결과는 절대 분석한 대로 나오지 않는다는 걸 그는 너무나 잘 알고 있었다.

특히 복싱 경기는 상대성이 너무 강할 뿐만 아니라 그 날의 컨디션과 전략의 상충에서 오는 의외의 결과가 수없이 발생하는 특성을 가진다.

해리스 홀던이 두 사람이 분석을 들으며 고개를 끄덕인 이유는 다른 데 있었다.

누구의 분석이 맞든 이 두 사람 중 하나는 5일 후 무조건 병신으로 전락한다는 것이었다.

그랬기에 그는 지미 렉스의 설명이 끝나자 출연진들의 감정을 건드리기 시작했다.

"지미 렉스 씨의 분석 잘 들었습니다. 설명 과정에서 핸드릭슨 씨의 분석과 상당히 다른 점이 많았는데요. 핸드릭슨 씨, 그에 대해서 반론하실 게 있나요?"

"당연히 있습니다. 저는 그의 분석 자체가 말이 안 된다고 생각합니다. 절대 동의할 수 없습니다."

"왜 그렇습니까?"

"서두에 말씀드린 것처럼 지미 렉스 씨는 허니건 선수를 너무 저평가하고 있기 때문입니다. 허니건의 위력은 지미 렉스 씨의 분석보다 훨씬 뛰어납니다. 따라서 그의 분석은 엉터립니다."

"그건 내가 할 소리요. 당신은 허리케인에 대해서 악감정을 가지고 있는 게 분명합니다. 분석 과정에서 허니건의 양 훅에 허리케인이 당할 거란 확신을 했는데 그게 맞는 겁니까? 왜 허리케인의 펀치가 당대 제일이란 건 간과하는 겁니까!"

"펀치 스피드가 빠르다고 상대의 공격을 막을 수 있다는 건 무슨 궤변입니까. 허니건은 자신보다 훨씬 스피드가 빠른 선수들도 계속 쓰러뜨려 왔어요. 내 말이 틀렸다는 게 그런 이유라면 정말 어이가 없군요. 그런 능력으로 이 자리에는 왜 나온 겁니까!"

"뭐라고요? 말조심하세요. 허리케인은……."

헤리스 홀던은 중간에서 끼어든 지미 렉스를 말리지 않고 두 사람의 대화를 듣기만 했다.

즐거운 일이다. 속에서는 웃음이 솟아 나왔지만 애써 참았다.

방글방글 웃고 있는 PD의 얼굴이 눈으로 들어왔으나 그는 심각한 표정을 지은 채 두 사람의 말에 귀를 기울이는 시늉을 했다.

이렇게 상대의 의견에 동의하지 않고 격렬하게 싸워주는 건 그와 스태프진들이 기대했던 일이었으니 오늘 방송은 대박이 터질 게 분명했다.

*   *   *

미국에서 도박은 불법이었으나 예외로 합법인 주도 있었는데 그 대표적인 곳이 바로 라스베이거스다.

급격하게 늘어난 도박 시장의 규모는 무려 800억 달러에 달했는데, 그중 가장 큰 것은 미식축구였고 슈퍼볼이 벌어질 때는 100억 달러가 움직인다는 통계가 나왔다.

하지만 그에 못지않게 큰 시장이 바로 프로 복싱이었다.

특히 빅 매치가 벌어질 때마다 전 세계의 도박사들이 라스베이거스로 몰려들어 슈퍼볼 못지않은 금액이 베팅되곤 했다.

현재 미국에서 가장 유명한 도박사는 패터슨이라고 알려져 있었다.

그는 승률 80%를 자랑했고 한 해에 움직이는 돈이 1억 달러에 육박한다는 소문이 돌았다.

동물적인 감각과 수많은 데이터에서 얻어낸 분석, 그리고 과감한 베팅은 미국 제일의 도박사란 칭호를 그의 이름 앞에 붙도록 만들었다.

그는 혼자 움직이지 않은 것이라 '타이푼'이라는 회사를 차려 여러 종목의 스포츠에 베팅을 했는데 직원 숫자가 20여 명에 달했다.

패터슨이 실무를 담당하고 있는 부사장 찰리를 부른 것은 빅 매치가 벌어지기 2일 전 늦은 저녁이었다.

"찰리, 현재 베팅률은 어떻게 되고 있나?"

"6.5 대 3.5까지 내려갔습니다."

"상당히 내려갔군."

"사장님이 허니건 쪽으로 천만 달러를 베팅한 것이 알려졌기 때문입니다. 요즘 도박사들은 자신들의 감을 믿지 않고 통계를 믿습니다. 통계가 없는 놈들은 우리와 자이언츠의 움직임을 주시하죠. 우리와 자이언츠가 동시에 허니건을 선택했으니 베팅률이 내려가는 건 당연한 일입니다."

자이언츠는 그들과 쌍벽을 이룬다는 도박사들의 집단이었다.

패터슨이 혼자 회사를 차린 것과 다르게 자이언츠는 유력 도박사들이 공동으로 운영하는 전문가 집단이었다.

"내일이지?"

"예, 보스. 내일 오후 3시에 문을 닫습니다."

"그럼 말이야. 이제 쉐도우를 움직일 준비를 하게."

"그게… 무슨 말씀이십니까?"

패터슨의 말에 챨리가 깜짝 놀라며 고함을 질렀다.

쉐도우는 비밀리에 운영하는 대리 베팅자들의 암호였기 때문이다.

"우리는 20개 구좌에 5천만 달러를 때려 넣는다. 폐장 직전에 베팅하도록."

"누구에게 말입니까?"

"누구긴 누구야, 허리케인이지."

"헉, 보스. 저는 도대체 무슨 말씀이신지……. 지금 시장은 허니건의 승리를 확신하고 있습니다. 우리 쪽 자료도 그렇게 나왔잖습니까?"

"챨리, 그건 일부러 만들어낸 허상의 자료다."

"누가요?"

챨리가 눈을 부릅뜨고 의문을 나타냈다.

그러다가 천천히 얼굴을 굳히며 패터슨의 얼굴을 향해 표정을 일그러뜨렸다.

"저까지 속이신 거군요."

"도박은 자기 자신도 속여야 승리를 할 수 있는 것이다. 너를 믿지 못해서가 아니라 그것이 도박이란 괴물을 대하는 우리의 운명이야."

"하지만 보스, 이번 경기는 자료가 아니더라도 전문가들조차 승부를 장담하지 못하고 있습니다. 무슨 생각을 가지셨는지 대충 알겠지만 5천만 달러를 베팅하는 것은 무립니다. 재고하셔야 합니다."

"찰리, 내가 왜 라스베이거스에서 제일이 된 줄 알아?"

"이유가 있단 뜻이군요."

"이번 경기는 허리케인이 이긴다. 내가 지켜본 그놈은 악마의 숨결을 가지고 있어. 그런 놈을 야수 주제에 어떻게 이기겠나. 나는 내 직감을 믿었기 때문에 이 자리까지 오를 수 있었다. 그러니 나를 믿어라. 며칠 후면 우린 거액을 챙기게 될 것이다."

*   *   *

최강철은 공식 기자회견에서도 허니건의 거침없는 언사를 무시한 채 대응조차 하지 않고 조용하게 있다가 홀을 빠져나왔다. 어차피 대응하지 않기로 한 이상 끝까지 윤 관장의 지시를 따라줄 생각이었다.

이것도 일종의 신경전이다.

적의 신경을 건드려 흥분을 하도록 만드는 방법도 있지만 전략을 숨기기 위해 당해주는 것도 그중 하나다.

"어쩐 일이냐. 그렇게 방방 뜨더니. 왜 아무 말도 안 했어?"

"이기고 싶어서요."

옆구리를 꾹 찌르는 윤성호를 향해 최강철이 빙그레 웃어주었다.

그의 대답에 장난스럽던 윤성호의 얼굴이 금방 굳어졌다.

무슨 뜻인지 안다.

그도, 나도 그리고 옆에서 따르던 이성일도 모두 마찬가지 심정이었다.

오랜 세월 이날만을 위해 달려왔다.

아무것도 없이 불알 두 쪽만 찬 채 미국으로 넘어온 지 벌써 7년의 세월이 지났고 이제 그 마지막 일전을 남기고 있었다.

누가 상상이나 했을까.

새삼 최강철이 복싱을 하겠다고 찾아왔던 때가 기억났다.

그때 윤성호는 그가 허수아비와 비슷하다는 생각을 했다.

바짝 마른 몸.

너무 말라서 건드리면 금방 쓰러질 것처럼 형편없는 육체를 가진 놈이었다.

최강철이 웰터급 세계 챔피언에 오르고 싶다는 말을 했을 때 어이가 없어 제대로 웃지도 못했다.

최강의 포식자들이 활개를 치고 있는 웰터급은 복싱을 주름 잡는 황금 체급이었고 동양인이 넘볼 수 없는 벽이기도 했다.

처음에는 불가능한 일이라 생각했다.

놈의 트레이너가 되어 아마추어 복싱을 평정하면서도 그런 생각은 변하지 않았다.

그러나 미국으로 넘어와 승승장구를 하면서 결국 이 자리까지 서게 되었으니 그의 지금 심정은 터질 것처럼 뛰었다.

불가능은 현실이 되었고 그와 최강철은 세계 최강을 위해 내일을 기다리고 있었다.

믿어지는가, 이 현실이.

자신의 얼굴이 굳어진 것은 최강철만큼 승리에 대한 그의 갈망이 컸기 때문이었다.

"강철아, 설마 지금 나한테 농담하고 있는 건 아니지?"

"농담으로 들렸어요?"

"아니… 네 대답이 너무 솔직해서 놀랐을 뿐이야."

"그러고 보면 우리 참 열심히 달려왔네요."

"그래, 열심히 했다. 특히 네가."

"나만 한 게 아닙니다. 우리 전부 같이한 거죠."

"고맙다. 그렇게 말해줘서."

"걱정되십니까?"

"또 묻는구나. 당연히 걱정된다. 이겨도 져도 그럴 것 같아.

강철아, 다시 생각해 보면 안 되겠니?"

"아뇨, 절대 그런 일은 없을 겁니다."

*   *   *

'뉴욕의 사랑' 팀은 서둘러 촬영을 마쳤다.

감독인 서영훈은 오늘 촬영 일정을 최소로 잡았는데 오후 4시가 되자 즉시 카메라를 접어버렸다.

무슨 일 때문인지 너무나 잘 알기에 배우들은 물론이고 스태프들까지 부랴부랴 촬영장을 떠났다.

드디어 내일 최강철의 경기가 벌어지기 때문에 서영훈은 오늘 하루 내내 붕 떠 있는 사람처럼 보였다.

그뿐만이 아니었다.

조연출은 물론이고 카메라 기사, 음향 담당, 심지어 배우들까지 뭔가에 홀린 사람들처럼 허둥거렸다.

유진선이 인사를 하고 차에 올랐을 때 이미 단짝인 박정현은 밴의 뒤쪽에서 옷을 갈아입는 중이었다.

조연으로 출연하는 박정현은 그녀와 고등학교부터 알고 지낸 단짝이었고 소속사도 같아 한 차로 촬영장에 왔다.

"커튼 좀 쳐. 속옷 보이잖아!"

"보이면 어때, 봐줄 남자도 없는데."

"봐줄 남자 있으면 보여줄래?"

"최강철 같은 남자라면 백번도 넘게 보여줄 의향이 있다."

어느새 옷을 갈아입은 박정현이 다가오며 사악한 웃음을 지었다.

연예인답게 그녀는 번개처럼 옷을 갈아입었는데 청바지 지퍼는 그녀가 보는 앞에서 올렸다.

정말 남자가 봤다면 입맛을 쩍쩍 다실 정도로 뇌쇄적인 모습이었다.

비록 조연으로 출연했지만 그녀 역시 돋보이는 미모와 몸매를 지녔고 얼굴 반을 차지할 정도로 큰 보조개를 가지고 있어 남자들에게 상당한 인기를 끌었다.

유진선은 그녀의 농담에 가자미눈으로 만들어 째려봤다.

그녀는 유진선이 최강철의 광팬이라는 걸 알면서도 이런 장난을 수시로 하곤 했는데 점점 그 강도가 진해지고 있었다.

"진선아, 정말 그 남자 만나지 않기로 했어? 사실대로 말해봐. 정말 궁금해 죽겠단 말이야."

"절대 말 안 해줘. 나 혼자 간직하고 있을 거야."

"얼씨구. 야. 그게 무슨 보물이냐? 혼자 가지고 있게. 비행기 같이 타고 간 걸 가지고 너무 비싸게 구는 거 아냐?"

이번에는 박정현이 눈을 흘겼다.

유진선이 미국에서 돌아온 순간부터 수없이 물었으나 그녀는 비행기에 있었던 일에 대해서는 함구로 일관했다.

물론 모든 것을 닫은 건 아니었다.

그녀가 입을 닫은 건 공식적인 것이 아니라 그와 그녀에게 있었던 비밀에 관한 것이었다.

그것이 알고 싶었다.

그녀가 느꼈던 그 감정과 남자의 반응, 그리고 둘만이 있었을지 모를 약속에 관한 것 말이다.

유진선과 최강철 사이에 있었던 일들이 너무나 듣고 싶었지만 그녀의 입은 자물쇠처럼 닫아건 채 열리지 않았다.

"진선아, 내일 최강철 선수 시합을 하잖아. 11시부터라며?"

"응."

"내가 어제 밤에 꿈을 꿨는데 아무래도 이번 시합은 불안해. 전문가들도 최강철 선수가 불리하다고 그러더라."

"아냐, 그럴 리 없어. 이번에도 그 사람이 이겨. 반드시 이길 거야!"

"나도 그랬으면 좋겠는데 우리 돌아가신 할머니가 꿈에 나타나서 그러잖아. 아무래도 힘들 것 같대."

"너 그 말 정말이야?"

"응."

"거짓말 하지 마. 자꾸 그러면 정말 불안해지잖아."

"할머니가 그러셨어. 네가 그때 있었던 일을 말하면 이길

거라고 하더라. 그러니까 너한테 꼭 그 이야기를 들어보라고
했는데 그래도 말 안 할 거니?"

"이게, 정말 죽을라고!"

유진선이 도끼눈을 뜨면서 주먹을 번쩍 치켜들었다.

거짓말이란 걸 안다. 박정현이 매번 물었음에도 대답을 해
주지 않았기 때문에 이런 협박까지 하는 게 분명했다.

그럼에도 주먹을 치켜뜬 그녀의 눈은 흔들리고 있었다.

"아무래도 내가 너무 듣고 싶어 하니까 할머니가 나타난 모
양이야. 설마 그러기야 하겠니. 너무 신경 쓰지 마. 개꿈이겠
지, 뭐."

"아무 일도 없었어."

"뭐가?"

"그날 아무 일도 없었다고. 전화번호도 묻지 않았고 서로
잘 가라며 악수하고 헤어졌을 뿐이야."

"그런데 왜 지금까지 뭔가 있는 것처럼 숨긴 거니?"

"고백을 하기는 했어. 내가 짝사랑하고 있었다는 걸 말했거
든."

"정말이야! 그랬더니?"

"나를 바라보는 그 사람 눈이 너무나 편안했어. 지금도 그
눈길을 잊을 수가 없을 만큼. 나한테 고맙다고 말하더라. 그
런 마음을 보여줘서 너무 고맙다며 활짝 웃었어. 그래서 말을

하지 않았던 거야. 나만 혼자 그 시선과 목소리를 간직하고
싶어서."

"무슨 소린지 모르겠네."

"짝사랑이란 건 원래 그런 거잖아. 그렇게 될 줄 뻔히 알면
서 혼자 아파하고 설레는 것. 그렇지 않아?"

"야, 그게 말이 된다고 생각해? 고맙다는 말 한마디가 뭐가
그리 소중해. 정말 사랑하면 뺏어야 되는 거잖아. 그래야 행
복해지는 거야!"

"나는 그 남자를 여전히 좋아해. 하지만 그 사람은 내가 차
지할 수 있는 사람이 아니란 걸 거기서 확실히 알았어. 그래
서 나는 지금 너무 편안해. 그 사람 모습을 보면 여전히 떨리
지만 이젠 아프지 않아."

"진선아, 너 이상해. 머리가 어떻게 된 거 아냐!"

"이젠 다 말했으니까 할머니가 그 사람이 이기도록 도와줄
거야. 그렇지?"

최강철은 고개를 숙인 채 눈을 감았다.

몸을 충분히 풀었기 때문에 열기가 몸 전체를 감싸고 있었다.

돈 킹과 톰슨은 라커룸에 들어온 후 그저 어깨만 두드려
주었을 뿐 지금까지 아무 말도 하지 않았다.

그건 윤성호와 이성일도 마찬가지였다.

라커룸을 가득 채우고 있는 긴장감이 끈끈한 아교처럼 그들을 옭아매고 있었다. 밖에서 들려오는 환호 소리가 마치 환청처럼 들려왔으나 최강철은 눈을 뜨지 않았다. 조금 후면 진행 요원이 달려오겠지만 아직도 시간은 남아 있었다.

눈을 감은 채 고개를 좌우로 꺾으며 리듬을 타는 것처럼 목을 움직였다.

나는 긴장하지 않았다. 그리고 두려워하지도 않는다.

이 경기가 어떤 경기보다 중요했고 강한 상대라 해도 나는 지금까지 해왔던 것처럼 싸울 것이기 때문이다.

눈을 뜨자 화면을 통해 자신의 모습이 보였다.

라커룸에는 두 대의 카메라가 자신을 찍고 있었는데 그 모습이 고스란히 방송되고 있었다.

뒤이어 번들거리는 몸을 한 채 몸을 풀고 있는 허니건의 모습이 나타났다. 방송국에서는 두 선수의 모습을 보여주며 긴장감을 고조시키고 있는 중이었다. 이윽고 경기 진행 요원이 문을 열고 들어서며 출전을 알렸다.

출전은 그가 먼저다.

비록 통합 타이틀전이었지만 사전 협의하에 그가 먼저 출전하는 것으로 정해져 있었다.

자리에서 일어나 가운을 걸치고 문을 나섰다. 검은색 가운의 앞과 뒤에는 수많은 기업의 로고가 새겨져 있었는데 전부 후원 업체들의 문양들이었다.

전부 돈이다.

이 한 벌의 가운에 무려 300만 달러가 들어 있었으니 세상에서 가장 비싼 옷일 것이다. 대기실 복도를 걸어 특설 링으로 들어서는 문이 열리자 그를 향해 거대한 함성이 쏟아져 나왔다. 그런 그들을 향해 팔을 번쩍 치켜 올리며 당당히 걸어 들어갔다.

누가 나를 향해 약자란 표현을 썼단 말인가.

나는 약자가 아니라 포식자다.

어떤 괴물이 와도 부숴 버리는 강력한 챔피언이 바로 나란 말이다.

『기적의 환생』 9권에 계속…

초대형 24시 만화방

신간 100%, 샤워실, 흡연실, 수면실(침대석), 커플석, 세탁기 완비

▪ 광명 광명사거리역점 ▪

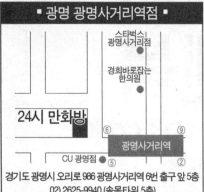

경기도 광명시 오리로 986 광명사거리역 6번 출구 앞 5층
02) 2625-9940 (솔목타워 5층)

▪ 강북 노원역점 ▪

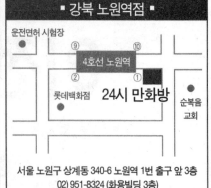

서울 노원구 상계동 340-6 노원역 1번 출구 앞 3층
02) 951-8324 (화용빌딩 3층)

▪ 일산 정발산역점 ▪

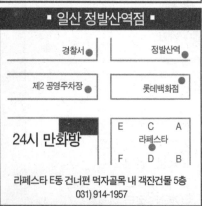

라페스타 E동 건너편 먹자골목 내 객잔건물 5층
031) 914-1957

▪ 일산 화정역점 ▪

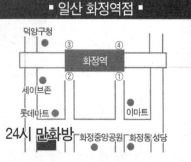

경기도 고양시 덕양구 화정동 984번지 서일빌딩 7층
031) 979-4874 (서일사우나 건물 7층)

▪ 부천 역곡역점 ▪

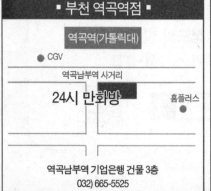

역곡남부역 기업은행 건물 3층
032) 665-5525

▪ 부평역점 ▪

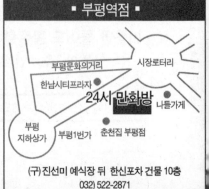

(구)진선미 예식장 뒤 한신포차 건물 10층
032) 522-2871

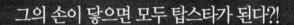

한의 韓醫
스페셜
리스트

가프 장편소설

FUSION FANTASTIC STORY

돌팔이 소리만 듣던 한의사 윤도,

달라지고 싶은 마음에 찾아간 중국 명의순례에서
버스 추락 사고에 휘말리고 마는데…….

구사일생으로 살아 돌아온 지 30일.
전에 없던 스페셜한 능력들이 생겼다?

초짜 한의사에서 화타, 편작 뺨치는 신의로!
세상의 모든 질병과 인술 구현에 도전한다!

Book Publishing CHUNGEORAM

유행이 아닌 자유추구 -
WWW.chungeoram.com